CONFESIÓN

Charco Press Ltd.
Office 59, 44-46 Morningside Road,
Edimburgo, EH10 4BF, Escocia

La matrícula del catálogo CIP para este libro se encuentra
disponible en la Biblioteca Británica.

ISBN: 9781913867676
e-book: 9781913867683

www.charcopress.com

Edición: Carolina Orloff
Revisión: Luciana Consiglio
Diseño de tapa: Pablo Font
Diseño de maqueta: Laura Jones

Martín Kohan

CONFESIÓN

CHARCO PRESS

Para Alexandra

MERCEDES

Padre, he pecado. He pecado, o creo que he pecado, dijo entonces, dice ahora, Mirta López, mi abuela. Que no era todavía mi abuela, por supuesto: tenía apenas doce años. Hincada en el confesionario de la iglesia de San Patricio, allá en Mercedes, presintiendo al padre Suñé inclinado, como ella, sobre la rejilla de madera porosa, en el olor combinado del incienso y la humedad del piso y de los muros, en la penumbra espesa de los vitrales demasiado altos y probablemente sucios, pendiente de la doble promesa de comprensión y de castigo, de aceptación y reprimenda, de indulgencia y de sanción, presentando a la tolerancia algo acaso intolerable, acudiendo hasta el perdón con algo acaso imperdonable, Mirta López, mi abuela, la que sería mucho después mi abuela, camisa blanca y pollera azul y una vincha elástica, también azul, sujetando y ordenando su pelo, dijo así: he pecado, y a continuación: o creo que he pecado. Los verbos conjugados de esa manera, en pretérito perfecto, forma adecuada para la confesión y para todas las declaraciones solemnes (para las promesas, el futuro: no volveré a hacerlo; para los pecados, el pretérito perfecto: he mentido). Dijo y dice, palabras textuales, y aunque ahora levanta la cabeza, para una mejor evocación, en ese entonces la bajó, avergonzada: el mentón tocando el pecho, la vista ausente sobre las propias manos, un sollozo contenido.

Se hizo un silencio. No solamente los sonidos tienen eco, también lo tienen los silencios; eso pasa en las iglesias, y pasó en la de San Patricio, allá en Mercedes, después de que mi abuela Mirta habló. En ese silencio, que la inquietaba, alcanzó a pensar que sus palabras, tal y como las había murmurado, menos parecían una confesión que una pregunta. Entonces, desde el otro lado, se oyó la voz del padre Suñé.

—¿Has pecado? ¿O crees que has pecado?

Los verbos conjugados en pretérito perfecto y, además de eso, en tú.

En efecto: lo que ella había formulado, tal como lo había formulado, era una duda y no una confesión, o todavía no una confesión. Por eso el padre invisible, la voz del padre Suñé, desde esa especie de escondite sagrado llamado confesionario, no podía proferir, no pudo, penitencia ni absolución, sino hacer nada más que esto que hizo: devolverle a ella la duda, pedirle más claridad.

—¿Crees que has pecado? ¿O has pecado?

Mirta López no sabía. Es decir, no estaba segura. De que existía, de un lado, el bien, de que existía, del otro, el mal, tenía perfecta noción: lo aprendió en la comunión, lo intuía desde antes, acababa de ratificarlo al confirmarse en la catedral de Mercedes. Dios y Lucifer, el cielo y el infierno, la virtud y los pecados; así de simple. ¿Y entonces? ¿Por qué no podía responder? El padre Suñé esperaba. La iglesia de San Patricio esperaba. La rondaban un mareo y un llanto. Apoyó una mano en la madera, para mejor sostenerse, y afirmó los doce años de sus rodillas intactas en el cobertor apenas mullido que acogía a los culposos. Mentir es siempre un pecado; aquí, en la casa de Dios, es un pecado mortal. Pero ella no iba a mentir, por supuesto; no sabía y era verdad. Mejor entonces contar qué era lo que había pasado, o qué era lo que le había pasado, y que fuera el padre Suñé, el olor a humedad y a incienso que tal vez fuera suyo y no de la iglesia, quien al cabo estableciera, pudiendo discernir, si había pecado o no lo había. Y si lo había, cuál era. Y con qué pena se lo redimía.

Entonces mi abuela habló. Se había confesado durante toda su infancia: una mentira a la maestra en primer grado, un tirón de trenzas a Cecilia Pardo en segundo, el robo de una goma de borrar en tercero, una mala palabra dicha en cuarto. Cosas así. Ahora, sin embargo, habiendo terminado ya la primaria, habiendo cumplido ya con la confirmación, tenía la impresión certera de estar confesándose por primera vez en su vida. No se iba a olvidar de este día: 6 de marzo de 1941, por ese motivo. Dijo entonces Mirta López, le dijo al padre Suñé, que sentía a veces un estremecimiento poderoso, una especie de remolino, pero caliente, en el estómago, en toda la panza, algo así como una fiebre y una transpiración, un alboroto y un aturdimiento repentinos, y que solamente juntando las piernas, no juntando sino apretando, y no las piernas sino los muslos, que solamente, sí, apretando los muslos, conseguía de a poco calmarse, devolverse de a poco el sosiego.

Hubo una pausa y hubo un silencio, que no era, para nada, el mismo silencio de antes. El padre Suñé carraspeó.

—¿Dónde sientes todo eso exactamente? —consultó.

Acá, dijo mi abuela, y se señaló; pero el gesto no tenía sentido. También ella era ahora invisible, al menos para el padre Suñé. Tuvo que describir. Describió: es eso, como un remolino. Sube o baja, y me da vueltas. Por acá, por el estómago.

—El estómago, sí —confirmó el padre Suñé—. Pero ¿y las piernas?

Las piernas se me juntan, se me aprietan, respondió Mirta, mi abuela; o yo tengo que apretarlas, padre, porque solamente así me calmo. Se va haciendo un burbujeo. Y después ya me quedo tranquila.

El padre Suñé calló. Se lo adivinaba, ahí atrás, pensando.

—¿Y te tocas? —preguntó por fin.

Mirta al principio no entendió, dudó de haber oído bien. Algo dijo, no se acuerda, un balbuceo, medias palabras. El padre pareció sospechar que intentaba escabullirse. Alzó la voz. Ahí en la iglesia.

—Las manos, niña, las manos. ¿Qué haces con ellas? ¿Te tocas?

Mirta entonces pensó en un piano, en los caramelos, en el agua hirviendo: las cosas que se podían o que no se podían tocar. Y dijo que no: que no se tocaba.

Tal vez el padre asintió ahí adentro: conforme o aliviado.

—¿Tienes malos pensamientos? —agregó. Sonó más suave—. Cuando todo esto pasa, ¿tienes malos pensamientos? ¿Visiones nefandas en mente?

Mirta, mi abuela, dice ahora, sollozó. Y eso fue una confesión para ella misma, antes de serlo para el padre Suñé, para su voz, para sus preguntas; antes de serlo para Dios Nuestro Señor, que todo lo sabe, que todo lo ve. Porque ella, claro, no estaba mintiendo, no se miente en confesión, es lo mismo que condenarse al infierno. Pero estaba, sí, callando cosas, omitiendo cosas. Y el pecado de omisión, el nombre lo dice, no deja de ser un pecado.

La iglesia de San Patricio no le daba tanto miedo como la catedral, que era más grande, aunque menos oscura. Pero le daba miedo también. Y la voz del padre Suñé no le era extraña, podía reconocerla al instante, lo cual, aunque le inspiraba confianza, también le inspiraba temor. No habría podido decirle lo que en ese momento le dijo de haberlo estado viendo: cara a cara, los ojos oscuros, las cejas, el ceño. Pero justamente: no lo estaba viendo. No podía verlo ni aunque mirara; y no miró.

Mirta López dijo entonces que no tenía malos pensamientos, en absoluto. El remolino, el alboroto, la fiebre y el sofocamiento, nada de eso lo provocaba ella, figurándose esto o aquello. Las ganas de apretar fuerte los muslos: tampoco eso, dijo, dice, salía de un fantasear. Pero tampoco sucedía solo, en cualquier momento ni porque sí. Sucedía cada vez que veía pasar, a través de la ventana del comedor de su casa, por la vereda de enfrente o, peor aún, es decir, mejor aún, por la vereda más próxima, al hijo mayor de los Videla.

–No es el hijo mayor –corrigió el padre Suñé–. Hubo antes otros dos hijos.

¡Pero están muertos!, exclamó mi abuela, con la voz demasiado alta, y se asustó al oírla rebotar contra partes de la iglesia: el altar, el púlpito, una alcancía, el Cristo Crucificado. Volvió al susurro: murieron al año, los pobres angelitos. De sarampión.

–Ya lo sé –porfió el padre–, pero existen. Murieron pero existen en el reino del Señor. Bautizados por mí, como tú misma: Jorge y Rafael.

Mi abuela no contradijo, pero adujo: que al irse los dos tan chiquitos, sin haber crecido siquiera, ella veía al hijo siguiente, que además llevaba esos nombres, siempre como el hijo mayor. El caso es que, camino de la estación de tren, porque estudiaba en Buenos Aires, o volviendo desde la estación, por eso precisamente, pasaba siempre frente a su casa. A veces más cerca de la ventana, si venía por la vereda más próxima, y a veces un poquitito más lejos, si venía por la de enfrente; pero pasar, siempre pasaba. Recto y sereno. Y ella, al verlo, se acercaba con presteza a la ventana, sigilosa detrás del visillo, para mirar más de cerca su paso y que ese paso durara más tiempo. Y era entonces, justo entonces, al llegar hasta el sillón, o en verdad un poco antes, desde el instante mismo de verlo, cuando empezaba el remolino caliente, le subía por la panza, le subía y le bajaba también, un ardor como de desvelo o de haber comido demasiado, una especie de fiebre y de ahogo en las sienes y en el pecho, y todo eso al mismo tiempo se hundía en ella, o se derramaba, y le entraban esas ganas de apretar las piernas que le había dicho antes, esas ganas o esa urgencia de juntar los muslos y apretarlos, viendo al hijo mayor de los Videla alejarse hacia la esquina, el paso firme y la nuca clara, correr un poco la cortina y asomarse ya sin temor de ser vista, la tarde, la vereda, los árboles y el cielo grande de Mercedes.

Dijo y dice Mirta López, mi abuela. Y dice que el padre Suñé se quedó en silencio un rato, puede que medio minuto o menos, pero que a ella le pareció todo un siglo. Hasta que por fin habló y preguntó: si había tenido malos pensamientos. No antes, ni durante, sino después de aquello. Mirta López dijo que no. Ante lo cual el padre Suñé preguntó: si había tenido malos sueños, sueños pecaminosos, después de aquello. Mirta López dijo que ella nunca recordaba qué era lo que había soñado, que había llegado a pensar que no soñaba, que no tenía esa capacidad, pero que la maestra de quinto, la señorita Posadas, le había dicho que soñar soñamos todos, que soñar se sueña siempre; solo que ella no recordaba haber tenido malos sueños después de aquello, que de haberlos tenido seguramente se los acordaría, y que no, no se acordaba, de manera entonces que no: malos sueños no había tenido.

Se oyó la madera rechinar ahí adentro, del otro lado del confesionario. El padre Suñé se había movido.

—Estás libre de pecado —concluyó.

Mirta López suspiró de alivio.

—Emociones de la infancia, nada más —detalló el padre.

Mirta López, no sabe por qué, le agradeció: dos veces, tres.

—Estás libre de pecado —confirmó el padre Suñé—. Ve con Dios.

El padre Suñé se habrá quedado un rato metido ahí, en su cabina de escuchar y de juzgar. Habrá permanecido quieto en lo oscuro, como a la espera de algún otro que pudiese acudir hasta él a despejar remordimientos, tribulaciones. Habrá oído, aun sin fijarse, puro efecto de los tacos de madera en los mosaicos helados de la iglesia, los pasos con los que Mirta López atravesó la nave y se fue alejando. Habrá oído después el quejido de despedida de una de las dos puertas vaivén: la chica ya se había ido. Habrá juntado las manos, habrá entrelazado los dedos, como si fuese a rezar, aun sin rezar. Se habrá quedado pensando, ¿en qué? Puede suponerse que en Dios. Por fin, pasado un rato, se habrá dispuesto a salir del confesionario. Es más fácil estar ahí que entrar ahí (meterse y acomodarse) o salir de ahí (revolverse y emerger), por eso se habrá sentido visiblemente agitado al arreglarse con ambas manos la sotana, como quien quiere eliminar arrugas (aunque no: su atuendo habrá lucido impecable) o buscar algo en los bolsillos (aunque no: no usaría esos bolsillos mayormente). Habrá caminado después por su iglesia, despacio y arrastrando un poco los pies: fricción de suelas gastadas sobre un piso intrascendente. Al pasar frente al altar se habrá frenado, se habrá inclinado, se habrá persignado; gestos todos en apariencia automáticos, que él se habrá compuesto, empero, para dotar de premeditación y por ende actuar a sabiendas. Luego se habrá perdido, hacia el lado opuesto, por una de esas puertas laterales que desde el lugar de los fieles no alcanzan a divisarse y que expresan, por eso mismo, porque no se sabe exactamente dónde están ni tampoco exactamente adónde conducen, que hay misterios en el mundo del hombre, como los hay en el reino de Dios, y son también, aunque muy de otra forma, insondables.

Mirta López salió de la iglesia de San Patricio con algo más que alivio: con alegría. Caminó rápido por la vereda despejada, pero podría haber incluso corrido, o podría haber avanzado, como antes solía hacer, saltando mientras tanto a la soga. No se cruzó en esa primera cuadra con nadie, pero, de haberlo hecho, lo habría saludado o le habría sonreído, de puro contenta que estaba. Fue hasta la plaza principal del pueblo, el lugar con más sol y con más luz de todos los disponibles. Hasta hace poco iba ahí a jugar con sus amigas, todo un escenario para su infancia, para sus tardes y sus veranos. Ahora dio una vuelta, miró en torno, se sentó en uno de los bancos de piedra. Se oyó respirar. Era feliz. No había obstáculos: podía seguir atisbando por la ventana del comedor de su casa, los sábados a la tarde, cuando llegaba del colegio pupilo en Buenos Aires, y los domingos justo antes de empezar la noche, cuando regresaba, al hijo mayor de los Videla, que pasaba sin saberla, suponerla, imaginarla.

Se dice que la ciudad le da la espalda al río. Lo bien que hace. El reproche, que es frecuente, supone que hay desperdicio, negligencia, necedad. La ciudad tiene su río, como lo tienen tantas ciudades: París y Londres y Frankfurt, o, para no ir tan lejos, Montevideo; la ciudad tiene ahí su mejor paisaje, como Rosario tiene las islas o Santiago la cordillera. Y, en vez de contemplarlo, lo ignora. Metáfora o literalidad: le da la espalda.

¿Hace mal? El río es horrible. Es espeso y es turbio, es monótono y es chato. No transcurre ni ofrece nada; su oleaje, si sopla viento, es remedo del auténtico, más bien una frustración de oleaje. Es peor que un río inmóvil: es un río que no sabe moverse. Se sacude, irregular, o se atasca en su mismo sitio, sin ritmo ni gracia, como un animal demasiado grande o una mole demasiado torpe.

¿De dónde viene? Del Paraná y del Uruguay. Pero perdió, entretanto, sus virtudes. Porque a los ríos no solo se los ve correr, uno también *sabe* que corren; que son otros cada vez, que no se quedan sino yéndose; uno sabe lo que le dieron a pensar a Heráclito y, con él, gracias a él, a todo el resto. ¿Y adónde va? Va hacia el mar Argentino, hacia el océano. Pero no tiene, todavía, sus virtudes. Porque a los mares no solamente no se los ve terminar, uno *sabe* que no terminan. Es por eso que se vuelven horizonte: porque llegan, en efecto, al horizonte. Esto otro es cortedad de vista, nada más: falta de ángulo, de perspectiva. Con altura suficiente (la altura existe, no es conjetura: hay ricos que la conocen en los pisos superiores de avenida del Libertador), se sabe que acaba ahí nomás, acá enfrente, allá en Colonia.

Enchastre de barro y mugres diversas, juntadero amargo de camalotes (si sopla viento del norte) o embate siniestro de inundación y lloviznas (si sopla viento del sur), el río es el incordio de la ciudad. Y cuando no, porque a veces no, es empero la eventualidad de un incordio. Sirve para llegar a la ciudad y sirve para irse; estar en él, o junto a él, o frente a él, es más difícil, menos usual. Asunto de pescadores, y nada más. Y los pescadores están ahí, quietos como el río, mustios como el río, viendo nomás qué pueden sacarle, viendo nomás si le sacan algo.

Si la ciudad fuese una casa (que, por supuesto, no lo es), el río no sería su jardín delantero, su fachada, un espacio de recepción. Ni tampoco, por así decir, su parque. Sería lo que es: su patio de atrás. Su reserva de cachivaches, el reducto para lo arrumbado. La parte que nadie mira. La parte en la que nadie se fija. La parte a la que hay que dar la espalda. O también, ¿por qué no?, la espalda. La espalda misma.

De todo eso surgió una suerte de premeditación, forjada con intenciones y cálculos, que a su vez produjo culpa: la conciencia remordiendo. Sin esa carga mi abuela Mirta no habría sentido la necesidad de ir tan pronto a confesarse de nuevo. La mirada suelta en la ventana, aunque precedida por un cierto estar pendiente, incluso, si cabe, por un cierto estar al acecho, podía finalmente asimilarse a los ritmos de la vida diaria, nada que se desacompasara del todo de los hábitos del hogar. Con la misma inercia aparente con que podía alguien pasar del comedor a la cocina, o detenerse en el hall de entrada para acomodar someramente el florero, o sentarse en el sillón principal a leer el diario entre rezongos, así iba ella hasta la ventana, así se asomaba hacia afuera, así se fijaba en la calle, así indagaba en las veredas.

Dio en hacer averiguaciones, y eso no era un dejarse llevar. Sabía que a una gran distancia (cien kilómetros, a los doce años, se sienten como una gran distancia, y los kilómetros, en esos años, no eran lo mismo que son ahora) estaba la gran ciudad. Ella había ido a Buenos Aires, algunas veces, con los padres; pero no le había gustado: la aturdió y la entristeció lo cuantioso y encimado. Se enteró, porque curioseó, de que en un barrio llamado Once, existente en la convención aunque no en la distribución oficial del catastro, está ese colegio, el San José, a cargo de los padres bayoneses; y se enteró de que esa orden era más permisiva que otras, al menos en algunos aspectos (¿un ejemplo? Dejaban fumar). El colegio, en ese barrio, no podía estar muy lejos de una plaza, la plaza Miserere, de una tumba, la de Bernardino Rivadavia, y por ende de la gran estación de tren. Ahí llegaban, desde el oeste, los trenes que, si ella quería, podía ver partir desde Mercedes. Su apariencia no sería la misma en un sitio que en el otro: modernísimos e incongruentes en la dispersión apocada del pueblo, se volverían, en el fragor de las alturas y del apuro, apenas un elemento más.

El hijo mayor de los Videla (los dos primeros, los mellizos, se habían muerto; para ella no contaban), después de rendir libre el sexto grado de la escuela número siete de Mercedes (proeza de aplicación al estudio que en el pueblo se comentó con aprecio), entró en el San José: como pupilo. Pupilo significaba que se quedaba a dormir ahí cada noche (lo aprendió leyendo un libro: *Juvenilia,* de Miguel Cané), con los otros compañeros con familias en las provincias. Mirta López se esmeró en imaginar esas noches, esas salas colectivas de camas perfectamente alineadas, la suma de las respiraciones una vez que los curas bayoneses decidían el apagado de luces; se preguntó si esas conjeturas, exploradas hasta el detalle, se encuadraban en lo que el padre Suñé llamaba malos pensamientos, tal vez debía mencionárselo para que él lo dirimiera.

Los pupilos de esos colegios salían durante el fin de semana, a menos que sus familias de origen vivieran a demasiada distancia: en Córdoba o en Catamarca o en Río Negro. No era el caso de Mercedes ni del hijo mayor de los Videla. Salía el sábado a hora temprana y caminaba, con algunos otros, hasta la estación; ahí se tomaba el tren, línea Sarmiento. El tren surcaba calles, después barrios, después suburbios, después pueblos, después campos, hasta llegar por fin a Mercedes. Un tinglado, un caserón, un par de andenes, mucha intemperie: en eso consistía la estación de trenes del pueblo. Ahí llegaba los sábados y desde ahí se volvía los domingos. Eran días por lo general tan callados que mi abuela, desde su casa, en el sigilo de su habitación, podía alcanzar a sentir el andar de la locomotora. Una mezcla de ronquido y traqueteo que ella vivía como una felicidad (porque lo era).

No obstante, a esas señales, quiso agregar más precisión. Mi abuela Mirta se ocupó de averiguar la tabla de los horarios exactos: llegadas y salidas, plazos y esperas. Los trenes ingleses, por ingleses, eran para todos el parámetro mismo de la regularidad. Pudo así saber, casi sin deslizamientos, cuándo pasaría por delante de su casa el hijo mayor de los Videla; cuándo el sábado y cuándo el domingo; porque estaba claro que él mantenía invariables, con la fijeza de lo concertado, no solamente los tiempos, sino también el recorrido entre su casa (la de su familia) y la estación de tren. Mirta López lo esperaba. Más que ansiosa: en un anhelo, en un afán, del que nadie (excepto el padre Suñé) tenía idea ni estaba al tanto. Ahora verlo no significaba solamente verlo, la excitación indecible de verlo, sino también la de esperarlo. No duraba más que un minuto, un minuto y medio, lo que ocupaba el acontecimiento cada vez, desde que él aparecía, firme y serio, por un lado, hasta que se alejaba y se lo dejaba de ver, por el otro, con igual talante. Ahora todo eso empezaba para ella un poco antes, con el preludio, con la inminencia; y en un efecto de irradiación, de contagio o de simetría, se extendía en el tiempo algo después, cuando ya todo había pasado, cuando el mayor de los Videla ya había pasado, y ella empero seguía temblorosa, agitada, medio en trance, enfebrecida. ¿Qué habría pasado si en ese momento, en cualquiera de esos momentos, la hubiese sorprendido su madre (mi bisabuela) o su padre (mi bisabuelo)? ¿Qué excusa habría puesto? ¿Qué explicación habría dado?

Mi abuela no sabe. No sabe, no se imagina. Por suerte, dice, nunca sucedió. Y es que, precisamente, en eso consistía esa vivencia, de eso se trataba justamente: el mundo en torno cesaba o disminuía, como pasaba en los teatros con las plateas cuando estaban por empezar las funciones, o con las partes del escenario en las que no había que fijarse, a las que no había que prestar atención. El resto de las cosas se apagaba y se enmudecía; ella, al menos, Mirta López, no podía pensar en nada más, ni tener registro de nada más que de ese muchacho flaco y asentado, grande para ella, porque tenía ya dieciséis, de andar pausado y sereno, un metrónomo y, a la vez, la aguja perfecta del metrónomo, intangible, irreprochable, evidente, sustancial.

Por todo esto, que no era poco, sintió la necesidad, y más que la necesidad la urgencia, de ir a la iglesia a confesarse. Porque las cosas que le pasaban, y a las que el padre denominó emoción insuflándoles inocencia, ya no le sobrevenían así sin más, una cosa ajena que la embargaba, como una lluvia que nos sorprende en plena calle y nos empapa, como un vahído que nos asalta y nos pone blandos. Ya no. Ahora ella, Mirta López, con sus indagaciones y con sus pensamientos, con sus astucias y con sus intenciones, era parte del asunto: lo preparaba, lo presentía, lo esperaba, lo imaginaba y lo recordaba, se ilusionaba mentalmente y mentalmente lo reproducía. Y no se lo había contado a nadie, no. A nadie se lo había contado, pero no como al principio, dice mi abuela, que nada decía porque no le parecía, en sentido estricto, que hubiese nada que decir; sino sabiendo, en el interior de su corazón sabiendo, que sí: que había algo, un fervor y una pasión, y que si no se lo contaba a nadie, como de hecho no lo contaba, es porque era ni más ni menos que un secreto. Un asunto muy muy suyo, que a nadie se lo podía o se lo quería revelar.

Pero Dios todo lo ve, dice mi abuela, el buen Dios de todo se entera, y ahí sí que es sinsentido el callar o el simular. Fue a la iglesia a confesarse. Pensaba decir todo esto. No tenía otra cosa en mente al entrar en San

Patricio, al dejarse abarcar por los arcos bien trazados de la iglesia, al caminar por un lateral hasta el confesionario, al persignarse y al arrodillarse en el lugar de los mortificados. Pero una vez que se puso a hablar y a enumerar todas estas cosas, ante el silencio celestial que el padre Suñé encarnaba una vez más para ella, surgieron detalles nuevos, confesiones más auténticas, que ella no había planeado decir, porque en verdad ni ella misma conocía. Se enteró, en cierta forma, a la par que el padre, se oyó pronunciarlas tal como él mismo la oía.

Porque sí, en efecto: en horas siempre sabidas, se acercaba hasta la ventana del comedor de su casa, se ubicaba en un sillón arrodillada en el asiento como ahora mismo lo estaba en la madera, pero apoyada contra el respaldo, contra el terciopelo suave pero firme del respaldo del sillón, mirando hacia afuera; y al producirse por fin lo que tanto y tanto esperaba, cuando el hijo mayor de los Videla surgía de una esquina o de la otra, según tocara, le entraba un calor general y ese profundo estremecimiento en la panza, y ante eso, en medio de eso, apretaba, sí, lo más posible, la parte de abajo, mientras el torso, ante la ventana, fingía impasibilidad; arriba nada, pero abajo todo: se apretaba, comprimía, una vez, dos veces, tres veces, más veces, ya no las contaba; se apretaba contra el sillón, se aflojaba y volvía a apretar, se aflojaba y volvía a apretar, es decir, resumiendo, se frotaba, se frotaba, sí, se frotaba, se frotaba contra el sillón, suave y firme y además caliente, viendo pasar por la calle al hijo mayor de los Videla.

El padre Suñé, callado y quieto, se volvió inescrutable para mi abuela. Había que esperar un poco para poder saber cómo estaba. ¿Azorado? ¿Furioso? ¿Indulgente? ¿O simplemente lejano?

—Te frotabas —preguntó o ratificó: mi abuela no estuvo segura, y ahora lo está mucho menos.

Ella dijo que sí.

—¿Y qué sentiste exactamente al hacerlo? —preguntó a continuación.

Mirta López se detuvo a pensar. Dijo por fin: un estremecimiento. La palabra era difícil, algo impropia para la edad. Y aunque ella, con tanta evidencia, ya no era una nenita, temió que el padre Suñé recelara una impostura. Agregó por eso: un fuego, y redondeó: sentí una especie de fuego. Después pensó, o piensa ahora, que estaba diciendo fuego donde antes había dicho remolino, que era lo mismo, o casi lo mismo, que haber dicho agua. Pero al padre no le importó. Aceptó, tomó lo del fuego.

—¿Y qué hiciste con ese fuego? ¿Trataste de apagarlo?

Mi abuela dudó. De pronto su magra metáfora viraba hacia lo literal. El padre Suñé avanzó.

—¿Trataste de apagar ese fuego usando tu propia mano? —interrogó—. ¿Hundiste ahí tu propia mano, tratando de apagar ese fuego?

Mi abuela Mirta dijo que no. Que no y que no. Verdad de confesión.

—Y malos pensamientos, ¿tuviste? —siguió el padre Suñé—. ¿Caíste en pensamientos lúbricos?

Mirta López ignoraba, todavía, qué eran los pensamientos lúbricos; pero intuyó que no los había tenido, y entonces dijo que no. O bien supuso, por sentido común podría decirse, que, no sabiendo ni lo que eran, seguramente no los había tenido. Y entonces dijo que no.

El padre Suñé sentenció que el Malvado contaba con los más diversos recursos, y rondaba, por lo común, a las almas más inocentes. A manera de antídoto, con el tono ceremonioso con que un médico le indica a un paciente un remedio preventivo, con la impronta correctiva con que un maestro le indica a un alumno que copie veinte veces la palabra que escribió mal, el padre Suñé le impartió a Mirta López, mi abuela, que rezara tres padrenuestros y después tres avemarías. Concluyó con una frase latina que ella, que no dominaba la lengua, ni siquiera intentó descifrar.

El padre Suñé, cumplida por ese día la función sacerdotal de la confesión, se habrá puesto a rezar, se habrá quedado un buen rato rezando, allí mismo, en su iglesia, la iglesia de San Patricio. Habrá implorado, genuflexo, por la salvación de todas las almas. En especial, habrá pensado, pero pensar en ese punto es decir, porque pensar en ese punto es rezar, las almas más expuestas, más frágiles, más sensibles, las más tiernas.

Mirta López, esa noche, a la hora de irse a dormir, se arrodilló frente a su cama, juntó las manos para el rezo, y dijo así: «Padre nuestro, que estás en los cielos / santificado sea tu nombre / venga a nosotros tu reino / hágase tu voluntad / así en la Tierra como en el cielo. / El pan nuestro de cada día dánoslo hoy / perdónanos nuestras deudas / así como nosotros perdonamos a nuestros deudores / y no nos dejes caer en la tentación / mas líbranos del mal. / Amén».

Una vez, dos veces, tres veces. Después de cada una de esas veces, se persignó.

Y a continuación: «Dios te salve, María / llena eres de gracia / el Señor es contigo / bendita tú eres / entre todas las mujeres / y bendito es el fruto de tu vientre, Jesús. / Santa María, Madre de Dios / ruega por nosotros, pecadores / ahora y en la hora / de nuestra muerte. / Amén».

Una vez, dos veces, tres veces. Después de cada una de esas veces, se persignó.

Se quedó después en silencio, inmóvil, pensando en nada. Los ojos cerrados, en estado de recogimiento. Las manos juntas. Sintió las rodillas, sobre la madera seca del piso; sintió los codos, sobre la manta mullida de la cama. Se le ocurrió que estaba adoptando ahora, en la íntima soledad de su habitación, la misma postura, o casi la misma postura, que en la iglesia de San Patricio al confesarse. Pero en seguida se le ocurrió también, rectificándose, que estaba adoptando, en verdad, la misma postura que en el sillón del comedor de la casa, para asomarse por la ventana, para mirar hacia la calle.

Asignarle un color de león, como propuso sabidamente Borges, es lo mejor que se puede hacer por este río ingrato. Es concederle una dignidad, incluso una majestuosidad, de las que evidentemente carece. Porque no: no tiene color de león. Ni los leones, en el cuerpo o en la melena, tienen el color de este río. El río es demasiado marrón. Tiene el color de lo que es: tiene el color del barro. Agua sucia y pestilencia. Ese mismo color marrón, en un entorno de vegetación agreste, se vuelve intenso, hasta salvaje (y no recuerda, ni aun así, a los leones). Es lo que pasa, por ejemplo, con el Paraná, mirado desde Corrientes o mirado desde Rosario. El Río de la Plata, en cambio, que se vuelve paisaje absoluto, que no admite más entorno que sí mismo, no aporta más que ese marrón tan suyo y tan feo. Marrón terroso, si hay optimismo; y si no, marrón cloacal, marrón roñoso. Proeza de redención, ese hallazgo: haber escrito que es un río color de león. Y otro aporte sustancial, también de Borges: remitir a los fundadores de la ciudad a las aguas más sencillas del Riachuelo; no a estas otras, las del Plata. Para hacer de la carencia virtud, para inventarle algún mérito a la falta, luego Saer tituló: «El río sin orillas». Otro hallazgo. Y un enigma, porque ¿desde dónde es preciso contemplar el río para verlo así? Desde el medio (no fue el caso) o desde el aire (es lo que hizo). Solo así cabe decir, así en plural, sin orillas (no es lo mismo que esa casa de Borges, que no tenía «vereda de enfrente». Las orillas de Borges, por lo demás, no son nunca orillas de río). Un milagro como el de Guimarães Rosa, con su «tercera orilla del río», no les cabe a estas aguas tan mediocres; decir así, sin orillas, como dijo Saer, ya es bastante enaltecimiento, sugiere excepcionalidad, cualidad singular y muy propia.

Habría que agregar, también, a ese gran hacedor de títulos que fue Eduardo Mallea, con «La ciudad junto al río inmóvil», perfecta formulación de fijeza y estancamiento. Primero la ciudad, atascada junto al río. Y a continuación el río, atascado más bien en sí mismo. El oxímoron, por una vez, no es mera creación del lenguaje; la propia realidad lo proporciona, juntando lo fluvial con lo quieto, el curso de agua con la inmovilidad.

Saer era de Santa Fe: territorio de puras orillas.

Borges, de Buenos Aires: la ciudad que le da la espalda al río.

Y Mallea, de Bahía Blanca, que fue más lejos, que es más extrema: que le dio la espalda al mar.

Padre, he pecado. Mirta López fue directa, taxativa. Dijo eso sin rodeos, sin vacilar. Lo sabía: había pecado. Y sabía, con plena conciencia, cuáles eran los pecados cometidos. Podía especificarlos, y de hecho los especificó. El primero: había mentido. El segundo: había insultado. Había dicho palabras falsas y había dicho palabras sucias, todas ellas dirigidas a sus padres (mis bisabuelos). Lo cual, a poco de pensarlo, bien podía involucrar a su vez un tercer pecado: el de faltar el respeto a los mayores.

—¿Qué insulto proferiste? —consultó el padre Suñé. No admitía vaguedades.

Mi abuela Mirta respondió: les dije hijos de puta. Atenuó, o creyó que atenuaba: lo dije sin pensar. Y explicó, buscando ser comprendida, comprendida y no por eso indultada, que la furia la había invadido, que la rabia la desbordaba. Al contarle todo esto al cura, activando los recuerdos, algo de esa rabia, muy en contra de su conveniencia, volvía a ella.

—¿Y la mentira? —quiso saber el padre Suñé—. ¿Cuál fue la mentira que dijiste?

Dije que estaba muy descompuesta, dijo, dice mi abuela. Que me dolía muchísimo la panza. Que tenía muchas ganas de vomitar. Le contó al padre Suñé, es decir, le confesó, que se metió incluso en el baño, que se inclinó sobre el inodoro, que se hundió los dedos en la boca, que tiró para abajo la lengua, intentando provocarse el vómito. Obtuvo apenas dos o tres conatos de arcada y un repentino refucilo de toses que indicaban su fracaso. ¿Y todo por qué? Porque no quería ir de visita a la casa de los Zanabria, ni siquiera para ver a Clara (había sido, sí, su mejor amiga a lo largo de toda la infancia; pero ahora le parecía una estúpida). Mirta no sabe si sus padres le creyeron o no le creyeron, si advirtieron que fingía o si admitieron sus dolencias; porque en cualquier caso resolvieron que un poco de malestar estomacal no era una razón suficiente para cancelar una visita ya pactada, que podía perfectamente ir y almorzar liviano y luego tomar con todos el té, que le sentaría bien, y prescindir de los postres y de las tortas, cosa sencilla. Entonces Mirta López, desesperada, los insultó: les dijo hijos de puta. Porque interiormente calculaba, mientras le exponían, impertérritos, esas razones desquiciadas, que el tren de Buenos Aires, el que había salido a la mañana desde la estación de Once, ya se estaría acercando a Mercedes. Y en él, claro, en alguno de los asientos de alguno de los vagones, mirando serio los buenos campos, los alambrados ciertos, la lejana destreza de algún jinete, vendría el hijo mayor de los Videla, en regreso, por el fin de semana, del colegio donde era pupilo, se bajaría en la estación, caminaría por el andén, enfilaría hacia su casa siguiendo el mismo itinerario de siempre, pasaría pues, delante de su ventana, impecable y sobrio, inobjetable y austero, y ella, ella misma, Mirta López, no iba a estar en esa ventana, no iba a asomarse y no iba a verlo. Porque en ese mismo momento estaría, llevada por Miguel Ángel López y por Benicia Vega, sus padres, ese par de hijos de puta, jugando a algún juego idiota (¿la rayuela? ¿El elástico?) con la idiota de Clara Zanabria.

El padre Suñé comprendió que mi abuela no estaba confesando su furia, ni mucho menos mitigándola, sino reproduciéndola: repitiéndola ante él. Entonces la cortó en seco y sentenció: cinco padrenuestros, cinco avemarías. Mi abuela Mirta se largó a llorar. Allí mismo, en el confesionario. No por algún sentimiento de culpa, claro, ya que culpa no sentía; sino por revivir en el recuerdo la sensación de impotencia infinita del sábado casi entero, almuerzo y té, pasado en lo de los Zanabria, víctima de sus progenitores, enjaulada en la familia y en sus ritos de sociabilidad, forzada a pasar el tiempo, no ya con Clara, a la que ya detestaba, sino con los restos finales de su propia infancia, a los que ya detestaba también. Pendiente de las horas, sabiendo con desesperante exactitud en qué momento del día llegaba el tren de Buenos Aires a Mercedes, faltando ella de su lugar primordial, desperdiciando su felicidad más certera.

—Dios sabe lo que hace —dictaminó el padre Suñé.

Mirta López apagó entonces el llanto, de un momento para otro. ¿Efecto mágico de sus palabras benefactoras? El padre Suñé vaciló. Algunas tormentas terribles, de aspecto definitivo, se disuelven también en la nada, se esfuman como devorándose a sí mismas, dejan paso a ese sol reluciente que parecían haber sepultado allá arriba; o también, para el caso, ciertas lloviznas, duraderas por cansinas, absolutas como su cielo encapotado, se abren de repente de un tajo justo en el medio, se desgarran de lado a lado igual que una tela tirante una vez que un primer corte existió, interrumpen su para siempre y les abren camino a la luz y a los brillos y al celeste. Así también dejó de llorar Mirta López. ¿Por obra de Dios?

Por obra de Dios, sí: por obra de Dios. Porque Mirta López, mi abuela, pasó ese sábado fatídico atrapada por sus padres, amputada de sí misma. Metida en una casa ajena no menos que en una vida ajena; sometida a la peor de las extrañezas, la que brota de la propia familia, sometida a la paradójica violencia del cariño y el cuidado. Volvió a su casa demasiado tarde, cuando ya todo había pasado (¿todo qué era? Una sola cosa: el mayor de los Videla). La vereda despojada y trivial, sin más nada que ofrecer que unas primeras hojas caídas de otoño, lucía en apariencia inocente, ajena o desentendida. La ventana de la casa era una pura frustración a esta hora, y la persiana baja (la bajaban, claro, cada vez que salían por un buen rato) le imponía el aspecto horrible de lo mutilado o de lo enterrado. El sillón con el que ella contaba, vacante y omitido esa tarde, la hizo pensar en una hamaca de plaza, una hamaca o un tobogán, mirados a medianoche, espiados de madrugada, irreales e inalcanzables, despojos de algún otro mundo.

Pero Dios sabe lo que hace, en efecto. Todo lo sabe y todo lo ve. Y odia, antes que nada, las injusticias. Y esto era una injusticia. Ese sábado, todo ese sábado, no fue más que pura injusticia. Y entonces Mirta López, mi abuela, sin temer ni sospechar que el padre Suñé pudiese interrumpirla para recordarle, o para revelarle, que los designios de Dios son insondables y que pretender discernirlos es, de por sí, otro pecado más, siguió adelante por puro entusiasmo, con ganas de contar más que de confesar, para detallarle al padre Suñé que al día siguiente, domingo, se cumplía un aniversario, el décimo, de la muerte de Pedro Vega, el padre de Benicia, el abuelo (que ya lo había sido) de mi abuela (que no lo era todavía), y que por ende, para mejor honrar y conmemorar, para implorar por su sagrado descanso eterno, se decidió que concurrirían a la misa en la catedral de Mercedes.

Y allá fueron los tres, padres e hija, el domingo a la mañana; cruzaron la plaza bajo la invisible celebración de los pájaros, y entraron finalmente a la catedral con pasos discretos y circunspección, Miguel Ángel apoyándose el sombrero contra el pecho. Mirta López miró y vio. En el ondear de los feligreses del pueblo distinguió, infaltables y cristalinos, a la familia Videla en pleno: el padre, don Rafael, de uniforme; doña Olga, la madre, devotísima; el hijo mayor, Jorge; su hermana menor, el hermano siguiente. Actuó por puro reflejo, en lo que, por eso, pudo llegar a parecer espontáneo (y era lo opuesto: pura intención). Apuró el paso, guiando de hecho a sus padres, y ocupó su lugar en el asiento que estaba exactamente detrás de donde se ubicaba ya la familia Videla. La misa es una ceremonia de compenetración, de profundo recogimiento y de profunda conexión con los demás feligreses. El hijo mayor de los Videla, mirado desde atrás, pispeado en su severo perfil desde un ángulo tan apretado y ansioso, parecía inalcanzable. Cosa extraña, pensó, dice mi abuela, porque nunca lo había tenido tan cerca, nunca lo había mirado tan de cerca. La ventana de su casa, ahora lo entendía, funcionaba para ella como una pantalla de cinematógrafo, encuadre para una contemplación separada y sin reciprocidad. Ahora, en la catedral del pueblo, a una fila de distancia nada más, estaban los dos, el mayor de los Videla y ella, Mirta López, en un mismo plano de la existencia, en una misma dimensión de realidad. ¿Sabría él quién era ella? Los Videla eran conocidos, en parte porque el padre, don Rafael, había sido jefe del regimiento número seis durante varios años, y en parte, y más aún, por aquella terrible desgracia de la muerte de los mellizos. Pero ¿y los López? ¿El negocio de despacho de telas de Miguel Ángel López? ¿Y Mirta López, su única hija? ¿Eran conocidos?

El pelo indeclinable del hijo mayor de los Videla, cortado al rape y visiblemente ordenado con Glostora o con Lord Cheseline, moldeaba su cabeza con un aire de resolución silenciosa. Ese pelo lucía tan firme que le daba firmeza a todo: al gesto, al perfil, a los hombros, a la espalda. No era un pelo de peinar, como otros, que se alteran, sino un pelo de alisar, pasando con serenidad una mano sobre él, sabiendo que después ningún sombrero, ninguna gorra, ningún viento bastarían para conmoverlo. El cuello de la camisa blanca, planchado y almidonado, se veía igual de sólido, sin blanduras y sin pliegues. Ese cuello de camisa daba ganas de tocarlo, pasarle la yema de un dedo por el borde; el pelo fijo la tentaba mucho también, pero a la vez, en su perfección, la cohibía. Y entre el pelo y la camisa, entre el corte al rape y el almidón, la nuca, claro: la nuca. La nuca admirable del hijo mayor de los Videla, que se despejaba ante sus ojos con un orgullo de frente o de rostro. Y es que esa nuca, recta y sólida, brillaba con la luminosidad de una frente, expresaba la asumida solvencia de un rostro. ¿Sería por eso, se preguntó Mirta, que ella llevaba, como llevaba, su mirada hacia delante? ¿A inclinarse, disimulando, para tratar de ver, de refilón, un poco más de esa cara, un tajo de ese perfil?

Llegó el momento de pararse y después el de volver a sentarse: el hijo mayor de los Videla parecía hecho de acero. Cuando se arrodilló para rezar, bajando la cabeza en la oración, su nuca resplandeció y se tensó, se iluminó como las revelaciones, le sugirió trascendencias. Ella tembló. Un éxtasis de divinidad la invadió y juntó las manos para dar gracias a Dios. De otro modo, con otro nombre, no le cabría todo esto en el cuerpo, ni tampoco le cabría en el alma. El hijo mayor de los Videla se persignaba con una convicción que excedía las creencias; se paraba y se persignaba, se inclinaba o se ajustaba las manos, con el vigor contenido de una verdad que ella, Mirta López, nunca había presenciado ni sentido tan de cerca en toda su vida, vida corta, podría haber sopesado entonces, pues tenía doce años solamente, vida entera, podría decir, casi está diciendo ahora, que tiene más de noventa.

El padre Suñé, afirmado en el confesionario, entonó una parrafada extensa de alabanza al poder de Dios. La redondeó con moralejas. La ornamentó con figuras bíblicas. Al cabo, le dio a mi abuela su bendición. Y ella entendió que con eso terminaba ese encuentro. Se persignó, se incorporó y agradeció. Salió de la iglesia casi corriendo.

El padre Suñé se habrá quedado quieto un largo rato, a solas consigo mismo, lo que en ese caso equivale a decir que con Dios. Tal vez acudiera todavía alguien más a confesarse. Pero no era tanto eso lo que lo habrá retenido, en sentido estricto, en su puesto de confesor, sino una cierta sensación de abrigo, o de cobijo más que de abrigo, de buen cuidado, de preservación. Es lo mismo que sentía en el momento de entrar en cualquier iglesia, en el lugar que fuera, y tanto más al entrar en la suya, si es que puede decirse así, la de San Patricio, ahí en Mercedes. Esa cabina de madera labrada, concebida para poner en debilidad los secretos y hacer aflorar lo recóndito, le habrá resultado en ese momento un envoltorio de protección garantizada, casi una iglesia dentro de otra iglesia. Habrá sentido que podía permanecer ahí, y hasta quedarse a dormir ahí, metido en la sombra como un viajero que se guarece en una ruta y en una noche en lo más hondo de un refugio de banquina. Habrá pensado que sería engorroso que algún otro lo encontrara fruncido a deshoras en el confesionario. Habrá accedido a dejar ese lugar nada más que por esa razón.

Mi abuela no estaba para nada segura de si debía o no debía cumplimentar la admonición prescripta por el padre Suñé. Él lo dijo, eso era seguro; pero lo dijo al promediar la confesión, y no al final de su descargo. Faltaba para entonces la parte principal de lo que ella contó, la parte de la misa, la parte del recogimiento. ¿No podía suponerse, acaso, que esa parte, la segunda, compensaba la primera? ¿No podía suponerse, acaso, que, más que eso, la anulaba? Ante la duda, prefirió rezar. Mejor le parecía el exceso que la falta.

Dijo entonces: «Padre nuestro, que estás en los cielos / santificado sea tu nombre / venga a nosotros tu reino

/ hágase tu voluntad / así en la Tierra como en el cielo. / El pan nuestro de cada día dánoslo hoy / perdónanos nuestras deudas / así como nosotros perdonamos a nuestros deudores / y no nos dejes caer en la tentación / mas líbranos del mal. / Amén».

Una vez, dos veces, tres veces, cuatro veces, cinco veces. Después de cada una de esas veces, se persignó.

Y a continuación: «Dios te salve, María, / llena eres de gracia / el Señor es contigo / bendita tú eres / entre todas las mujeres / y bendito es el fruto / de tu vientre, Jesús. / Santa María, Madre de Dios / ruega por nosotros, pecadores / ahora y en la hora / de nuestra muerte. / Amén».

Una vez, dos veces, tres veces, cuatro veces, cinco veces. Después de cada una de esas veces, se persignó.

Una palabra en particular le quedó dando vueltas en la mente: la palabra «vientre».

Porque ella había dicho estómago. Y después corrigió, o creyó corregir, ser más justa y más precisa, y dijo panza. Pero no: se equivocaba. La palabra era esta otra: vientre. Aunque no supiera del todo bien dónde era que empezaba y terminaba, en la realidad del cuerpo, esa palabra.

¿No hubo un error, en realidad, desde un comienzo? Si es que se puede, como se suele, considerar comienzo a Solís, su llegada, sus barquitos. ¿Acaso toda esta historia, la del río y su ciudad, no empezó con un error? No se habría adentrado Solís por esa boca de tanta anchura de no haber dado en pensar, en razón de esa tanta anchura precisamente, que estas aguas que había encontrado llevaban sin duda alguna desde un océano hasta el otro, desde el Atlántico hasta el Pacífico. Supuso eso: que había dado, por fin, con el pasaje tan anhelado, el que permitiría cortar camino, ganar tiempo, abaratar transportes, pasar presto al otro lado (porque América, el continente, les resultaba, al mismo tiempo, un hallazgo y un obstáculo, un destino y un escollo).

Se equivocaba. Un fracaso de islotes y cursos de agua del norte le hicieron saber al pobre, más pronto que tarde, lo mucho que se había ensartado. Por acá no se pasaba, esto era un puro aquende. Se resignó. Inventó un nombre, dijo Mar Dulce. No estaba mal: agua inmensa, como la del mar, pero sin el aire salado. Y sin embargo ese bautismo, lucido como metáfora, era falso a fin de cuentas. ¿Mar Dulce? Ni mar, ni dulce. Para ser mar le faltaba todo, no solamente la sal: el color, el movimiento, el atractivo. Y en el sabor, en el inconcebible sabor, si es que a alguien se le ocurría probarlo, era amargo como el barro. Era amargo porque era barro.

Los indios mataron para no morir, y comieron para eso mismo. El nombre que vino después, aunque quedó y todavía perdura, tiene también algo de erróneo. ¿Río de la Plata? Río no es: es un estuario. Amplia entrada o desembocadura para otros, que sí son ríos. ¿Y de la Plata? La plata que se suponía que había, promesa falsa del agua, riquezas que no existían y por eso nunca nadie encontró. La plata quedó nada más que en el nombre, o quedó nada más que en nombre. Nombre del río, por vía directa, y del país, por vía etimológica.

El río tuvo, mucho después, su ciudad y su puerto, cada uno con su nombre respectivo. Que a la ciudad le terminara quedando el nombre que era del puerto, y que en tanto el suyo propio se perdiera totalmente en la nada, dice mucho sobre los hechos: qué era lo que importaba más y qué era lo que importaba menos, o qué era lo que importaba y qué era lo que no. Luego, claro, la ciudad le da la espalda al río.

Fue la misa, la sagrada misa, lo que le reveló a Mirta López esa divina posibilidad: la de contemplar *de cerca* al hijo mayor de los Videla. La separación y el apartamiento que imponía la ventana los había tomado, hasta entonces, como dados, irremediables. La casa, su sitio (la casa y el sillón, por supuesto); y el de él, como por descontado, la calle. ¿No era él, acaso, ya mayor, el que siempre iba y venía, estudiando en Buenos Aires, mientras ella, más retenida o más contenida, se quedaba nomás en Mercedes? Y, sin embargo, claro, las cosas podían ser de otro modo. Lo supo en la catedral: no le estaba vedado acercarse. Una excusa, o un buen motivo, podían siempre inventarse. O podían también inventarse, por qué no, un puro azar, casualidades. La suerte no existe, le habían enseñado en catecismo: es todo obra de Dios. ¿Por qué no ocuparse, entonces, de obrar ella misma su suerte y fabricar un encuentro fortuito con total premeditación?

Sabía a qué hora exacta llegaba el tren de Buenos Aires a la estación de Mercedes. Podía calcular cuánto tiempo les llevaba a los pasajeros bajar, poblar el andén, desagotarlo. Podía cronometrar, y en cierta forma, secretamente, ya lo había hecho, los minutos que demandaba el itinerario invariable del mayor de los Videla. En vez de ubicarse, como solía, en el sillón del comedor de su casa, frente a la ventana, para verlo pasar, lo que hizo fue salir a la calle («¿Adónde vas?», le preguntó Benicia; «Ya vengo», le contestó), emprender su mismo recorrido, solo que en sentido inverso. En una o dos cuadras, a lo sumo, bien lo sabía, iba a cruzarse con él.

Quien mirara desde arriba (¿y quién mira desde arriba sino Dios?) podría anticipar ese encuentro. Ella también, pero tenía una duda: ¿vendría él por su misma vereda, y al cruzarse lo vería de cerca, o vendría por la vereda de enfrente, y salir le habría servido de poco? La moneda al aire y la taba le pasaron en un relámpago por la mente. Justo entonces lo vio venir. Erguido y regular, a algo menos de cien metros; y por la vereda opuesta. Cara, ceca, suerte, culo. Lo juzgó una prueba de Dios: al destino hay que entregarse; pero también, un poquito, labrarlo. Fingiendo (¿fingiendo ante quién?) darse cuenta de repente de que el almacén al que se supone que estaba yendo no quedaba en esa mano sino en la de enfrente, cruzó casi en un trote el empedrado, como un reloj al que se hace adelantar las agujas. Ahora los cien metros serían sesenta o setenta. Y el hijo de los Videla, el tercero y ahora el mayor, venía directamente hacia ella.

Algo tenía, pensó, de los alfiles del ajedrez. Aunque su andar evocaba rectitudes, y no diagonales, como las torres. ¿Un junco, un poste, un mástil, un obelisco? No era robusto, tampoco especialmente alto; pero a ella le sugería firmeza, inflexibilidad. Se fijó en su chomba, azul marino. Sujeta a la evidencia del torso, se diría que arrugarla era completamente imposible. Calzada en un pantalón ocre o beige, mediante un cinturón ancho y solvente, la cautivó, la encandiló, esa chomba azul la atrajo. No podía correr hacia ella, no: se habría delatado. Pero el corazón empezó a latirle más fuerte. Y las piernas (¿cómo podría haber corrido así?) empezaron un poco a temblarle. Se fijó en las zapatillas blancas. Usaba zapatillas blancas. Ella pensó, mientras avanzaba: él podía caminar sobre hollín, hundirse en barro, patear cenizas, y sus inmaculadas zapatillas blancas no dejarían de lucir así, inmaculadamente blancas.

Pasó una calle, él ya venía, iban a cruzarse por fin. Pudo verlo: de cerca y de frente. Y él, ¿la vio? ¿La miró? ¿Reparó en ella? Daba toda la impresión de que no. Su mirada se mantenía alta y al frente, inexpresiva. Eso a ella, Mirta López, no solo no la defraudó, sino que fue lo que terminó de encenderla. Altivo a la vez que humilde, tan a su alcance y a la vez tan por encima, lo miró tan intensamente al cruzarse que fue increíble que él no le devolviera, a su vez, la mirada, aunque más no fuera por eso. Ese instante, fugaz y definitivo, la hizo sentir, sin que supiera del todo por qué, que iba a cambiar para siempre su vida. ¿Destello, deslumbramiento, refulgencia, anunciación? Todo eso, sí. Todo eso. En una esquina anodina de Mercedes, a dos cuadras de su casa de infancia, una mañana cualquiera de sábado.

Pasó y siguió, en dirección a la casa de los Videla, la suya. Ella, por su parte, con la boca seca y el cuerpo húmedo, repasando su vestido y sus zapatos, temiendo que algo en ella no estuviese, no hubiese estado bien, verificando que sí, que lo estaba, mantuvo (¿ante quién? Ante sí misma) su tenue simulacro de salida al almacén. No iba a volver sobre sus pasos, detrás del hijo mayor de los Videla, habría sido insensato; de hecho, ni siquiera se dio vuelta para verlo. ¿Para qué? Si ya lo había visto, de cerca y del todo, ahora y para siempre. Siguió adelante, hasta el almacén. Y al llegar al almacén entró. Y, además de entrar, compró: una tableta de chocolate y medio kilo de galletitas de agua. Volvió a su casa con eso. ¿Sobre sus pasos? No solamente. También sobre los pasos, recientes y para ella perceptibles, del hijo mayor de los Videla.

Al entrar de vuelta en su casa, la escena cotidiana que encontró se le volvió por completo insoportable: la madre en la cocina, empezando a preparar el almuerzo; el padre recién llegado del negocio, administrando su sábado inglés. La irritó hasta lo indecible toda esa normalidad tan trivial, después de haber vivido lo que había vivido. La expulsó esa chatura alarmante llamada familia, así que dejó la compra sobre la mesada de la cocina y se fue sin decir palabra a su cuarto. Se tiró en la cama, boca abajo, como para llorar. Pero no lloró. No lloró porque las ganas de llorar que, en cierta forma, sentía se le mezclaban inexplicablemente con una inmensa sensación de dicha: todo junto, todo en ella. ¿No se forman así, acaso, los remolinos: en el choque de dos fuerzas opuestas? Y es que, apenas se echó en la cama, la cara hundida en la almohada, los brazos apretados al cuerpo, empezó ese remolino, la cosa que ella, en el confesionario, había denominado así. Le vino a la mente la imagen del hijo mayor de los Videla, tal como acababa de verlo al cruzárselo en la calle: la chomba azul, las zapatillas blancas, el cinturón de cuero. ¿Malos pensamientos? ¿Eran esos, se preguntó, los malos pensamientos? Se dijo que no. ¿Qué podía tener de malo lo que acababa de suceder en plena calle?

Se apretó contra la cama, empujando con la cintura, como si estuviese en una playa, tirada sobre la arena, y quisiese no ser vista. Apretó y después soltó. De nuevo apretó. De nuevo soltó. El remolino se fue entibiando, dentro de ella, como cualquier elemento que gira y, girando, empieza a producir calor. Apretó y soltó, la cintura metida en la cama, apretó y soltó, apretó y soltó. Pensó: la chomba, las zapatillas, el cinturón. Pensó: la nuca. Vio todo, se lo figuró en un recuerdo que, por inmediato, no parecía ser del todo un recuerdo. Mordió la almohada. Hundió la cara, lo mismo que la cintura, y mordió lo blando. ¿En qué punto una metáfora se fue corriendo hacia la otra: cómo fue que el remolino dejó de parecer remolino y empezó a resultarle incendio? Le faltó el aire de repente, y supuso que era por haber metido la cara en la almohada. Pero apartó la cara, abrió la boca, y seguía respirando fuerte.

No recuerda si la idea de incendio se le había ocurrido a ella, en el intento de explicar lo que no sabía explicar, o si se la había propuesto el padre Suñé, acaso para sugerir, por asociación, la noción de infierno. A esa altura, sin embargo, ¿qué importaba? Ahí estaba: en pleno incendio. Frotándose contra la cama, mordiendo muy fuerte la almohada, clavando las uñas también. La chomba, las zapatillas, el cinturón; la nuca, la nuca, la nuca. Un fuego en remolino, en medio de ella. En el estómago. En la panza. O mejor: en el vientre. En el vientre, sí, en el vientre, pensó Mirta López, descubrió Mirta López. Esto no era exactamente el estómago, como cuando uno come de más; ni tampoco exactamente la panza, como cuando se sienten nervios. Era eso, era el vientre. Lo mismo que cuando se dice: el fruto de su vientre.

El vientre, el incendio y la mano. Porque un incendio como ese, metafórico y no literal, no se apagaba echando agua. Tampoco cubriendo con frazadas. Tampoco soplando. Ese incendio era figurado y pasaba dentro de ella. Llevó la mano hasta su vientre, para apagarlo. La mano debajo del cuerpo, el cuerpo apretando la cama. ¿O la mano contra la cama, la mano apretando el cuerpo? La chomba, las zapatillas. La nuca. El cinturón. El fruto de su vientre. La mano aprieta y el cuerpo se frota. Pasa así con los incendios: primero aumentan, recrudecen, se extienden, se agigantan; así reaccionan, al comienzo, ante el agua: como si fuese leña, como si fuese nafta. Así en ella, Mirta López. Al principio más ardor, más calor y más ahogo. Algo dijo sin querer: no supo qué, no sabe qué. Se mordió el labio, como antes la almohada. Sintió que se expandía y a la vez se contraía. Y solo después, gracias a la mano, el fuego se fue apagando, el incendio terminó.

Cuando la madre la llamó a comer, ella ya era otra. La pregunta habitual, si se había lavado las manos, le sonó estúpida. Por supuesto que se las había lavado. ¿Con jabón? Con jabón, sí, con jabón, y no sin antes olerlas un rato. Almorzaron hablando tonteras, contando chismes del pueblo. Pueblo chico, infierno grande, concluyó el padre, un fanático de la obviedad. Ella escuchaba todo desde lejos. Se sentía otra, ya era otra. Comieron pollo con puré de papas. De postre, flan. Todavía se acuerda.

Al padre Suñé, previsiblemente, lo ocurrido le pareció muy mal. Ella lo sintió revolverse en su estrecho puesto de confesor, a medida que le narraba las cosas que habían pasado. Resoplaba al escuchar y habló conteniendo el enojo. El pacto implícito de discreción e intimidad que hace que la confesión funcione pareció zozobrar de repente, incluso en su condición fundante, la de la mutua invisibilidad, por mucho que ella supiese que quien confesaba en San Patricio no era otro que el padre Suñé, por mucho que él supiese que quien confesaba esas aberraciones no era sino la hijita de López, pareció estar de pronto en peligro, porque Mirta llegó a tener la impresión, y junto con la impresión el miedo, de que el padre Suñé podría salir de su lugar (salirse de la casilla), aparecer frente a ella, abordarla y abofetearla. Lo cual, por tratarse de él, no dejaría del todo de ser, en sentido estricto, un castigo de Dios.

Pero no. El padre Suñé oyó la confesión, tal como estaba establecido; al cabo tomó la palabra para discernir pecados y gravedades, con rigor y con aspereza pero sin levantar la voz, y por fin pronunció, no ya su veredicto, que podía darse por sobrentendido, como su pena: le asestó diez padrenuestros y además diez avemarías, le exigió arrepentimiento y jamás, pero jamás, reincidir en su proceder.

El padre Suñé se habrá sentido muy mortificado al saber del descarrío fatal de una de las ovejas más cuidadas de su rebaño. Porque no siendo, pues no lo eran, una de las familias más devotas de Mercedes (a misa iban a veces), los López eran gente muy buena, muy correcta, muy decente, y su única hija, Mirtita, había crecido en un entorno acorde, a salvo de las tentaciones del mal. De algunas otras chicas del pueblo, las milongueras o las mal habladas, él podía estar más prevenido, saberlas más expuestas al vicio. Pero se habrá sentido desconcertado, además de estremecido, con la situación de Mirtita López, tan pequeña por lo demás, tan buenita y por lo tanto tan frágil, tan ingenua y por eso mismo tan endeble, ante el acecho feroz de Belcebú.

Se habrá impuesto a sí mismo, como pastor, la debida penitencia. Se habrá privado de alimento esa misma noche, habrá ayunado. Para honrar a Dios y para contribuir, con su propio padecimiento, ofrenda y a la vez redención, a la pronta corrección del alma extraviada de Mirtita López, su pronto retorno a la senda del bien. Habrá rezado durante horas. Habrá dormido muy mal.

Mirta López, mi abuela, sola en su cuarto, tarde en la noche, se hincó para rezar. Rezó: «Padre nuestro, que estás en los cielos / santificado sea tu nombre / venga a nosotros tu reino / hágase tu voluntad / así en la Tierra como en el cielo. / El pan nuestro de cada día dánoslo hoy / perdónanos nuestras deudas / así como nosotros perdonamos a nuestros deudores / y no nos dejes caer en la tentación / mas líbranos del mal. / Amén».

Una vez, dos veces, tres veces, cuatro veces, cinco veces, seis veces, siete veces, ocho veces, nueve veces, diez veces. Al terminar la tanda entera, porque la sola idea de la intercalación le dio pereza, se persignó.

Y a continuación: «Dios te salve, María, / llena eres de gracia / el Señor es contigo / bendita tú eres / entre todas las mujeres / y bendito es el fruto / de tu vientre, Jesús. / Santa María, Madre de Dios / ruega por nosotros, pecadores / ahora y en la hora / de nuestra muerte. / Amén».

Una vez, dos veces, tres veces, cuatro veces, cinco veces, seis veces, siete veces, ocho veces, nueve veces, diez veces. Al terminar la tanda entera, porque la sola idea de la intercalación le dio pereza, se persignó.

El juego de repetición la había puesto casi en trance; la letanía, por ser letanía, le produjo una especie de hipnosis. Y al irse ya a acostar, al apagar la luz del velador y al taparse, notó que la repetición no cesaba, que algunas de esas tantas palabras machaca- das seguían rebotándole en la mente. Oyó resonar «llena eres». Oyó «entre todas las mujeres». Oyó «de tu vientre». Sintió un eco: «tu vientre, tu vientre, tu vientre». Jugó, cortó: «Tu bien, tre». Y también: «Tu, vi. Entre».

Se divirtió, cree que hasta se rio. Se durmió contenta.

Unos pocos días después, ya cumplía trece años.

Muy en otro tiempo, y en la Costanera Sur, acudían las muchedumbres a juntarse en la orilla del río, menos para escapar del calor que para poder disfrutarlo. Había un balneario, o una especie de balneario; puede que fuera un remedo de playas como las de Mar del Plata, pero a nadie parecía importarle, si después de todo también el río, bien mirado, no era más que un remedo del mar. Se embutían entusiasmados en esas calzas adhesivas, con volados y sin mangas, que eran las mallas de la época (mallas no; trajes de baño: es el nombre más apropiado), y se metían en el agua todavía hospitalaria. ¿Agua barrosa? Seguramente; pero fresca y codiciable, en cualquier caso, durante todo el verano.

La prohibición de baño en el Río de la Plata se estableció en los años sesenta, debido al alto grado de contaminación de las aguas. Las industrias del conurbano, no del todo pujantes ni demasiado numerosas tampoco, descargaban, empero, con entera desconsideración, toneladas de desechos sobre las cuencas fluviales más próximas: el Riachuelo, principalmente, aunque también el arroyo Reconquista. En nada parecían tener más constancia ni más eficacia que en esa vigorosa dedicación al envenenamiento; nada parecían producir tanto como desechos; los desechos industriales eran lo más industrial que tenían.

El Riachuelo y el Reconquista descargan sobre el Río de la Plata, que no tardó en verse, él mismo, envenenado. Aguas viciadas, aguas podridas, aguas sin vida, aguas apestadas, ya nadie más debía bañarse en ellas. La gente se replegó y aprendió a no tenerlas más en cuenta. Lo que fue balneario se convirtió en ruinas. Y Buenos Aires, en una ciudad seca.

Las sustancias tóxicas arrojadas por las industrias mataron en esas aguas casi todo lo que había. La muerte impera de la manera más concluyente de todas: haciendo inviable la vida. Como para ratificar ese signo de muerte, o bien reconociéndolo, los criminales arrojarían al Río de la Plata los cuerpos indefensos de sus asesinados. ¿Por qué no tomarlo, entonces, como un flanco débil? ¿Por qué no tratar de entrarles justamente por ahí?

El pudor de los pocos años, sumado al de lo incipiente, la volvieron reservada: nadie, con excepción del padre Suñé, se enteró de lo que le estaba pasando (los muchos años, ahora, revirtieron el mecanismo: todo pudor en ella se desvaneció, y habla entonces sin tapujos). Se le fueron formando hábitos. El de la ventana, por lo pronto, ya era todo un ritual. No se había desprendido de eso porque le permitía unir las cosas: contemplar el paso cierto y apagar su propio incendio, todo a la vez. Esas eran las ventajas. Pero había desventajas también. Condenada al comedor, porque su cuarto no daba a la calle, quedaba ineludiblemente expuesta a que la madre pasara de pronto, o a que pasara incluso su padre, si volvía algo antes del negocio o se levantaba algo antes de la siesta. Esas irrupciones, y aun el quedar pendiente de su sola posibilidad, estropeaban un poco todo, rompían en un segundo el encanto (apagaban el eventual incendio con mayor rapidez que la mano, pero al hacerlo la dejaban mal: desordenada).

Como el año progresaba hacia la etapa de los días más fríos, era preciso utilizar más ropa (pulóveres sobre las camisas, medias enteras bajo los vestidos) y que fuese más gruesa la utilizada (paños y lanas, franelas). Mirta López, en la ventana, viendo pasar, en su austero esplendor, al hijo mayor de los Videla, se apretaba contra el sillón o recurría con discreción a la mano apaciguadora, pero sentía su cuerpo algo lejos, algo fuera de su alcance. En las noches, al irse a dormir, al meterse con premura bajo las sábanas y las cobijas, había hecho su descubrimiento. Porque el camisón que la cubría, con su peso y sus volados, se le iba corriendo fatalmente hacia arriba, si ella entraba ligera a la cama, y le quedaba mayormente enrollado en las caderas, en la cintura. No siempre le daban ganas de acomodarlo, de ponerse a estirarlo hacia abajo. ¿Por qué no dormir así?

Aunque dejaba la infancia atrás, con orgullo y ansiedades, mi abuela sentía todavía, sobre todo en las noches más oscuras, su viejo miedo a las pesadillas. Sueños siniestros de animales rabiosos sueltos, de quedarse encerrada en un sótano, de ser olvidada por sus padres en una calle lóbrega de una incierta ciudad extranjera: cosas así. El truco de dormirse pensando en puras cosas buenas, para que los sueños resultaran buenos también, funcionaba para ella desde siempre. Solo que esas puras cosas buenas, que a lo largo de los años habían consistido, por ejemplo, en castillos de princesa o en viajes en un auto manejado por su papá, cobraban ahora una sola y misma forma: el paso sereno y seguro del hijo mayor de los Videla. ¿Había acaso otra cosa en el mundo que pudiese transmitirle más confianza?

El incendio, sin embargo, bien lo sabía, empezaba justamente así. ¿Esos buenos pensamientos, entonces, serían malos al mismo tiempo? No podía decidirlo, de nuevo. De nuevo tenía que averiguarlo. Con el recuerdo palpable de ese andar, accesible pero prescindente, empezaban el hormigueo, el remolino, la tibieza enjuta, la falta de aire. La mano bajaba, como por sí misma, como llevada por otro, y no hallaba camisón; sus piernas nada más, su bendito vientre, una sedita tenue, una telita leve, fácil de aplastar, incluso fácil de apartar, su cuerpo estaba cambiando, y por ende ella también. La otra mano, la más torpe, la que tampoco servía para escribir o para cortar, la usaba para taparse la boca. Porque ensayaba el boca arriba, últimamente, y le daba en estos casos por quejarse, y en el silencio absoluto de la casa, en el silencio sin discordia de las calles desiertas de las noches de Mercedes, no debía un quejido suyo escucharse: no debía porque no lo podía explicar.

La dicha de la ventana no excluyó, sin embargo, y no tenía por qué hacerlo, la opción de salir a la calle. Mirta López lo siguió haciendo, en ocasiones; cuando sentía más fuertes las ganas de pasar por esa otra experiencia, la de cruzarse muy de cerca con el hijo mayor de los Videla (en seguirlo, no sabe por qué, nunca pensó. No se le ocurrió, así de simple. No se le pasó por la cabeza). Salía a buscarlo, es decir, a encontrarlo, con la llegada del tren a la estación; lo veía siempre más o menos a la misma altura, un poco antes o un poco después de la misma esquina siempre. Llegó a sentir la ilusión (pensó primero que era temor. Pero no: era ilusión) de que alguna de esas veces él pudiera llegar a reconocerla, de que diese alguna señal al respecto; un asentimiento de buen vecino, un atisbo de sonrisa amable, al menos una mirada pronta, algo. Ella sabría ser receptiva, y acaso recíproca también. Pero el hijo mayor de los Videla caminaba con un andar tan regular (imitado, tal vez, desde la infancia, de su padre, don Rafael) que nada parecía tener el poder de alterarlo, ni en ritmo ni en trayectoria; los ojos los llevaba aquietados, secos, ya definidos, insobornables, ni perdidos en la nada ni fijados en algún punto en particular, sino posados sobre el mundo, como una mano sobre la mesa, como una bota sobre un estribo. Al pasarlo y alejarse, en cualquier caso, sin haberse, en apariencia, siquiera hecho notar, no sentía ella ninguna decepción, nada que la defraudara; muy por el contrario: eran los momentos más felices y más plenos en la vida de Mirta López, a la vez que una especie de usina que habría de generar, hacia la noche, esos buenos pensamientos que la harían dormir mejor, aflojando primero su cuerpo y después su mente capciosa.

Se habituó, además, a la misa: otra prueba de virtud. Porque sus padres, irreprochables en la fe, iban solo cada tanto a la catedral los domingos, iban para los aniversarios y otras fechas especiales (el día de la Virgen, el Viernes Santo, el Domingo de Ramos, San Cayetano, la Navidad), no eran de los infaltables. Pero vieron, claro, con buenos ojos que su única hija, Mirtita, pasada la confirmación, se entregara a ese fervor de ir a misa todas las veces (le dijeron de acompañarla, pero el tema se diluyó). Iba sola, arregladita; allá en la iglesia, argumentó, se encontraba con sus amigas, se armaba esa camaradería tan sana de los pueblos y las parroquias.

Y, en efecto, una vez ahí se encontraba con Francisca Almada, con Clara Zanabria, con Graciela Vázquez o con María José Beltrán; hablaban un rato en la vereda o a veces en la plaza, enfrente. Una vez en la iglesia, empero, ella prefería sentarse sola: la ayudaba a compenetrarse, a entregarse a la situación. Los Videla estaban siempre. Siempre, siempre; estaban todos (padre, madre, los tres hijos. El mayor regresaba desde Buenos Aires poco menos que para esto: para estar en la misa, con los suyos). Ceremoniosos y circunspectos, opacos pero luminosos, se diría que eran ellos, simples feligreses, los que, no menos que el coro de niños, el sermón rotundo, el aire filtrado por los vitrales, definían la atmósfera de esas misas.

Mirta López se las arreglaba para sentarse, cada vez, lo más cerca posible de ellos. Cargaban con una tragedia mayúscula, todo el mundo lo sabía, las muertes inconcebibles de Jorge y de Rafael; pero no solo no lucían fulminados o desencajados por eso, sino que exhibían visiblemente una sobria templanza sempiterna, que ya nada podría quebrar. A la misa, claro, no faltaban nunca, y a ella, mi abuela, le producía una fascinación especial presenciar, como centro de esa escena, desde una posición por así decir privilegiada, la ascética devoción del hijo mayor de la familia. Las figuras de la iglesia, de pronto lo descubría, algo tenían de esa especie de equilibrio trascendental: algo de esa misma neutralidad casi soberana, imperando sobre la inocente dicha (el niño Dios en el pesebre, recién llegado) o el extremo padecimiento (el redentor clavado en la cruz, sangrando, sufriendo, redimiendo), la máxima ternura (la Virgen contempla al niño: el fruto de su vientre, Jesús) o el total desgarramiento (la Virgen contempla al fruto de su vientre, Jesús, desenclavado, palidísimo, laxo, muerto). Cada cual estando ahí y al mismo tiempo, de alguna forma, más allá: siempre un poco más allá.

Un día cualquiera de la semana, el padre tuvo que ir a Buenos Aires. Trámites, gestiones, diligencias. La llevó con él. Es esa clase de cosas que se graban para siempre, mi abuela lo recuerda todavía. Ya había estado en Buenos Aires, por supuesto; la conocía, sabía que era infinita, que no se la podía abarcar. Que no era solamente más alta, más veloz y más intensa, sino también más ilimitada que un lugar como Mercedes; que incluso los que vivían ahí se desconocían mayormente unos a otros. Y sin embargo dio en pensar, con un tipo de certeza que solo podía denominarse fe, que una vez ahí, entre los edificios y los ómnibus, entre los carteles de publicidad y el millón de transeúntes, se iba a encontrar con él: con el hijo mayor de los Videla. ¿No se saludan, acaso, los argentinos, si por azar se encuentran en Europa, si se oyen hablar y se reconocen en alguna calle de Madrid, en algún café de París, en algún museo de Londres? Así también, razonó, y razonó bien, se saludarían, reconociéndose, los mercedinos, si se encontraban por casualidad en Buenos Aires.

Miró ávida las infinitas caras pasar: caminando por la vereda o llevadas por los automóviles, en las ventanillas (miró las caras y miró las nucas: la que ansiaba, ciertamente, era capaz de reconocerla en la masa). En un momento dado, se animó a preguntarle al padre: ¿Estamos lejos del colegio San José? El padre frunció el ceño, se frotó la pera. No, dijo. Lejos no. Mi abuela no dejó de notar la vaguedad de esa respuesta, pero no por eso renunció a decirse que «lejos no» significaba «cerca». Y en el cerca (¿qué tan cerca? ¿Qué tan no lejos?) tuvo la esperanza definitiva de que iban a encontrarse, de que ella iba a encontrarlo.

No ocurrió. Y al regresar, en la ruta y en el auto que manejaba en silencio su padre, mientras la tarde iba cayendo y empezaban a encenderse las luces en puntos diversos, algo triste y algo ofuscada, con ganas de llorar y de meterse en la cama lo antes posible, divisó, en medio del campo, el paso resuelto del tren. La conformó, la consoló, estar contemplando así el trayecto que una y otra vez efectuaba el mayor de los Videla, la llanura que él surcaba, el paisaje que él veía. Lo concibió en el tren, en ese tren, aun sabiendo que no podía estar ahí en ese mismo momento; lo imaginó tieso en su asiento, la espalda recta, mirando el campo, el camino, los autos. Era como si se estuviesen cruzando ahora, en la nada, auto y tren, ellos dos, así como se cruzaban caminando, en la calle, en Mercedes. Mirta López se emocionó.

No fue sino después de muchos días que se dijo que estaría bien ir a confesarse. Se sentía, como quien dice, en paz con su conciencia. Su vida, si bien con nuevos hábitos, parecía estabilizada por fin, sus sueños eran apacibles, su mente no se torturaba. Si había incendios, los sofocaba; y salir a la calle, como solía, a fabricar inocentes coincidencias, lejos estaba de desentonar, a su criterio, de otros juegos semejantes y muy propios de la edad. Acudió al confesionario sin algo muy definido que decirle al padre

Suñé. Se arrodilló a contar, en el lugar sagrado, ante un sacerdote, casi como podía haberlo hecho con una amiga en la confitería Las Delicias de Mercedes, sus últimos asuntos.

Y, sin embargo, se equivocaba. El padre Suñé la oyó discurrir, imbuido de una abstención aparente; en verdad se esmeraba en desbrozar las muchas escenas del testimonio, como lo harían un inspector o un catador, un tasador o un perito, pendiente de apartar joyas menores de gemas auténticas, papeles falsos entre billetes buenos. Hizo a un lado, por medio de una mudez prescindente, las idas a misa, el viaje en auto, las salidas al almacén, el tren pasando. Habló solamente cuando Mirta López calló, cuando se quedó sin nada más que decir.

—¿Cómo es eso de la mano? —preguntó. Mi abuela contestó con metáforas.

Pero el padre Suñé amaba lo concreto, lo preciso, amaba lo exacto.

—¿Dónde tocas? ¿Cómo haces? —indagó.

¿Las cosas por su nombre? Pero mi abuela no sabía los nombres de las cosas.

—¿El vientre del fruto? —se indignó el padre al oírla.

Mi abuela trastabilló, dijo zonceras, se sintió perdida. Se echó a llorar, dice, y parece descubrir, ahora, con curiosidad, que en esa frase está la palabra «echarse». Pidió perdón. Se acurrucó en sí misma.

—¿Hundes los dedos? —interrogó el padre. Mirta López no dijo nada.

—No en el vientre, ¡pecadora! Sino en el pubis, sino en la vulva. ¿Los hundes, extraviada? ¿Los hundes?

Mirta López lloraba.

El padre Suñé le hizo saber que había cometido gravísimos pecados. Mortales. Y reiterados. Que tal vez ni Dios habría de perdonar. La conminó a regresar a la virtud, a arrepentirse de sus sacrílegas conductas, a rezar con contrición cincuenta padrenuestros y cincuenta avemarías. No la absolvió, como otras veces; la castigó: «Dios te perdone».Y le ordenó que se fuera.

El padre Suñé se habrá encerrado, desorbitado y casi lloroso, en la secreta verdad del claustro, se habrá quitado la sotana y el abrigo para quedar apenas en camisa, la débil camisa, nada más, y abajo la camiseta sin mangas. Habrá sujetado con firmeza el mango de madera, habrá agitado sus tiras de cuero y sus puntas inclementes. Y habrá comenzado a flagelarse. Golpes secos, filosos, necesarios, innegables, que le fueron lastimando los hombros, que le fueron lastimando la espalda, que le hacían doler mientras oraba, que lo hacían sufrir en su propia miseria carnal; a ver si ese dolor y ese sufrimiento servían a la salvación de un alma.

Una vez, dos veces, tres veces. Diez veces, veinte veces. Las palabras se rebelaron, no se dejaban repetir. Mirta López las profería, las manos unidas, los ojos cerrados, con auténtica devoción. Pero ¿cuántas veces puede alguien decir lo mismo, siempre lo mismo, sin empezar a decir otra cosa? Ella misma se escuchó y se desconcertó. ¿«Por denuesto / que estás en celo»? ¿«Santi Ficado sea tu nombre»? ¿«Vénganos, otros, tu rey no»? ¿«Perdona, nuez, tras ofensas»? ¿«Dios te salve, María»? ¿«Llena eres, desgracia»?

Presintió que todo eso también era un pecado grave: estaba mal. Pero no era ella la responsable, ¿o sí? Las palabras se alteraban solas, por fuera de su intención. Cincuenta eran demasiadas veces. Las frases no eran tan dóciles, ellas son las que se escapaban. «Tú, vientre». «Ruega pornos otros». «Peca, dores». Y así siguiendo. Hasta dormirse.

Pero la manera más enfática de negar el río no consiste en, como se dice, darle la espalda. Hay otra más cabal: ganarle tierra. Ganarle tierra al río ha sido y sigue siendo el recurso más consistente para tratar de abolirlo y hacer de Buenos Aires una ciudad mediterránea en apariencia. Tierra en vez de agua. Las barrancas perduran (en Belgrano, en el Parque Lezama), pero bajan del suelo al suelo, ya no son orillas de nada. El río retrocede y va quedando cada vez más lejos. Y se va volviendo cada vez más fácil suponer su inexistencia.

¿Por qué avanzar, empero, con tierra hacia este lado, como si a la ciudad le faltara espacio, teniendo, hacia el lado opuesto, la sabida inmensa pampa, el vasto desierto, la llanura inconmensurable, un infinito espacio sobrante? ¿Echar tierra y más tierra sobre el río aplanado y quieto no es acaso, en cierto modo, un intento de convertirlo en pampa? Cada vez más tierra plana, menos agua cada vez. Adolfo Prieto ya ha escrito sobre la fructífera utilidad de las metáforas marítimas de los viajeros ingleses para aquellos escritores nuestros que, en el siglo XIX, viajeros a su vez, pero por sobre todas las cosas lectores, se ocuparon de describir la pampa. La pampa como mar: la tierra como agua. ¿Ganarle tierra al río no sería la operación inversa, inversa y complementaria? ¿No sería invertir la metáfora y traspasarla a la literalidad? El río como pampa. El río vuelto pampa.

Pisar el río, cabalgarlo, cruzarlo a pie; atravesarlo sin navegación ni nado. Ese imposible se hizo posible, y no ya en la metáfora, ni en el hábito de echarle tierra, ni en un milagro como el de Moisés (aguas abiertas) o un milagro como el de Jesucristo (aguas firmes). Hubo una vez una pronunciadísima bajante histórica, producto de un viento fuertísimo; las aguas se retiraron, dejando a la vista el lecho. Barro blando, gomoso, flexible, inestable; pero suelo y no río. Esa bajante tan extrema habilitó la posibilidad de subirse a un caballo para cruzar en él a la Banda Oriental. El cuento que Rodolfo Walsh estaba escribiendo, cuando se lo llevaron, era sobre eso. Luego los criminales irrumpieron en su casa, para saquearla y robarse sus cosas. Se llevaron también sus papeles. Del cuento no se supo más.

Con el paso del tiempo, de todos estos hábitos, fue el de ir cada domingo a misa lo que empezó a procurarle a mi abuela mayores satisfacciones. Las confesiones murmuradas en la iglesia de San Patricio fueron haciéndose más esporádicas, irregulares; las mañanas de domingo en la catedral de Mercedes se mantuvieron, en cambio, con la constancia de un fervor. El pueblo entero, o poco menos, su mejor parte en cualquier caso, notaba esa asiduidad, superior incluso a la de sus padres, todo lo cual se resolvía en un aprecio generalizado hacia ella: le sonreían con benevolencia, se acercaban a saludarla.

Los Videla tampoco faltaban jamás. Los cinco de la familia, como si fuesen en verdad uno solo. Se sentaban siempre juntos, compactados; no por no mezclarse con el resto, sino para confirmar su perfecta unidad o hacerla ver por todo el mundo. El hijo mayor ya había terminado sus estudios secundarios en el colegio San José de Buenos Aires y había ingresado en marzo, contra las preferencias, desconcertantes en apariencia, de su padre, al Colegio Militar de la Nación. De ahí salía los sábados, pero llegaba de visita a Mercedes algo después que en la etapa anterior de sus estudios. No viajaba, como antes, en el ramal Sarmiento del ferrocarril, sino que se tomaba, junto con otros compañeros que vivían también hacia el oeste de Buenos Aires, el colectivo 57 de la empresa Atlántida. Hacía trasbordo en Luján (Mirta López conocía Luján de memoria: la basílica, la explanada, el cabildo, la terminal de micros, la orilla del río, el río; por lo que podía imaginar la escena con precisión testimonial).

Mi abuela sintió un sobresalto la primera vez que lo

desencontró; supuso, por un instante, que había desistido de la visita familiar de cada fin de semana; se preguntó, ya con angustia, si con esa renuncia daría comienzo, en razón de la edad y, tal vez, de nuevas formas de relación social, a la costumbre de no venir tanto a Mercedes. Sufrió en secreto y sin motivo: no era así, no era eso. Supo pronto (en un pueblo todo se sabe, ninguna indagación de esta índole dura demasiado tiempo) cuáles eran las nuevas condiciones, las nuevas pautas: el colectivo desde Luján y sus horarios (terminal de micros en Mercedes no había, como había terminal de trenes; sino una plaza casi céntrica donde los micros, al entrar, paraban para dejar bajar a los pasajeros. ¿Qué podía tener de extraño que ella, Mirta López, tan lectora y tan solitaria, tan aplicada y tan retraída, se fuese a sentar con algún libro en un banco de esa plaza? ¿A quién podía llamar la atención, por mucho que al leer se concentrara, que la llegada de cada micro, sus motores de alud de piedras, sus silbidos al frenar, la queja de la puerta al abrirse, por así decir, la distrajera, haciéndole levantar la cabeza?).

La misa era la cita infaltable, eso sí que permanecía siempre intacto. Mirta López, mi abuela, se las arreglaba cada vez para ubicarse, entre los fieles, no muy lejos de la familia Videla. Y con preferencia detrás de esa línea que ellos, tan perfectamente juntos, trazaban al sentarse. Se las arreglaba mi abuela, como digo, como dice, para sentarse no muy lejos de ellos, y a menudo, más que eso, conseguía estar muy cerca, ni más ni menos que en la fila de atrás. ¿Le parecía a ella o en el hijo mayor, que ya iba para los diecisiete, que ya hacía vida castrense, iban en aumento la pulcritud, la sobriedad, la distinción, los trazos rectos? ¿Se lo inventaba ella, por sugestión, o el pelo y los gestos, la nuca y la postura, mejoraban su estampa límpida? Las camisas, mejor que las chombas, acentuaban, con sus cuellos tiesos, el efecto general.

El domingo que mi abuela llegó a misa (la puerta de la iglesia, la vereda generosa, la plaza enfrente) y no vio a la familia Videla se sintió morir. ¿Podía ser? Entró temblando y quiso llorar. Se sentó y se dijo a sí misma que ese día iba a rezar *de veras*. A rezar y a pedir a Dios que nada malo hubiese ocurrido, que la costumbre de estos encuentros no se viese jamás dañada. No hizo falta, no llegó a rezar. O su íntima imploración de desesperada equivalió, para Dios, a un rezo, y la plegaria de Mirta López fue atendida. Porque la familia Videla, demorada por algún asunto que ya no importaba, hizo su ingreso, por fin, a la catedral. Ella los vio de refilón, de reojo. De nuevo quiso llorar, pero ahora de dicha. Habían venido, sí. Como siempre. Ahí estaban, como siempre. Y como si sus ruegos desordenados hubiesen merecido el verse satisfechos con creces, resultó que la familia Videla no solamente acudió, llegó, ingresó; sino que se sentaron los cinco, en una progresión ceremoniosa y pensada, justo en la misma fila en la que se había sentado mi abuela. Y lo hicieron con tal disposición (los dos hombres de más edad: el padre y el hijo mayor, en los extremos, como protegiendo al hijo menor y a las dos mujeres) que resultó que el hijo mayor tomó lugar justo al lado de mi abuela.

La misa empezó con un sermón sobre la patria y sus valores: se acercaba el mes de julio, y en ese mes el día 9, aniversario de la declaración de independencia. Siguió una exposición bien medida sobre los peligros de la descomposición de esos valores, de esos y de todos, con una precisa enumeración de factores disolventes: desde la promiscuidad sexual hasta el flagelo del alcoholismo. Después hubo que pararse, que sentarse, que pararse. Que repetir rezos en eco, que rumiar plegarias íntimas, que cantar en el pudor del coro. Que alzar los ojos al cielo y que cerrarlos para una mejor compenetración. Que pedir y que agradecer. Que arrepentirse del mal inferido y que perdonar el mal recibido. Que dar gracias a Dios en su insondable triplicidad: Padre, Hijo, Espíritu Santo.

Mirta López no podía girar para mirar al hijo mayor de los Videla. Pero lo veía en cierto modo, mezcla de percepción directa y de intuición. Y más que eso: *sabía* que estaba ahí, muy cerca, al lado suyo. Algo mejor que verlo, como venía viéndolo desde hacía tanto tiempo, en la plaza y en esa iglesia y en las calles de Mercedes. Algo mejor que verlo: lo *sentía*. Sentía su presencia, ahí, tan cerca de ella. Juntos, sí, o casi juntos. Estaba haciendo lo mismo que ella y al mismo tiempo que ella. No solamente acompasados, sino además unidos, en los pasos sucesivos del ritual. Mirta López quedaba indecisa sobre cuál de los dos factores la hacía sentirse más feliz: si la dulce simultaneidad o si el milagro de encontrarse tan próximos.

El hormigueo pareció empezar en el estómago, y el calor, en las rodillas. Hormigueo, pensó Mirta López, o también burbujeo, o tal vez aleteo. Calor, pensó; como el de los veranos. Pero también pensó: ardor. En el estómago, en el pecho. En las rodillas, en los muslos. ¿Cómo saber? Muchas cosas, y en el cuerpo. Sintió cómo el aire espeso le pasaba por la boca; para entrar, para salir. No le entraba del todo en el pecho. Apartó las manos del rezo para apoyarlas en su propia cara. Estaba tibia. Acaso enrojecida. La misa la envolvía en un halo protector. Las imágenes de la catedral (caras con ojos vueltos hacia arriba, una boca entreabierta, sonrisas enigmáticas de niños alados sin sexo) la reconfortaron también. El hijo mayor de los Videla al lado de ella, cerca de ella, *con* ella.

Mirta López se contrajo: los hombros, los brazos, las piernas. También la panza, también el vientre. Se contrajo para volver cada parte sobre sí, como si pudiese cada una entrar en fricción, no ya con otras, sino consigo misma. Sintió que se disgregaba, por eso se contrajo, por eso se apretó; se hundía pero en ella misma, se metía pero en ella misma. Mecida en santidad, gozaba de estar respirando. Nunca en su vida, nunca jamás, se había sentido tan devota. Pero ¿de qué? El hijo mayor de los Videla, casi visible, era toda una certeza, la certeza más acabada. Y ella a su lado, sin moverse, se revolvía; quieta por fuera, se revolvía. Los ojos vueltos hacia arriba, la boca entreabierta. El cuerpo apretado.

Llevaba puesto un abrigo de lana, porque un nuevo invierno había empezado. Uno largo y de un color que ella habría llamado marrón pero era terracota. No se lo había sacado en la iglesia. La bufanda sí: se la sacó y la colocó, hecha un embrollo, sobre las piernas. Se tocó la nuca: estaba húmeda. Las piernas lo estarían probablemente también. Y puede que también ella toda. En el medio de ella misma, algo así como en el medio, la curva más alta (pero al mismo tiempo más honda) de esta perturbación. Entonces ella, Mirta López, metió una mano en uno de los bolsillos del abrigo de lana color marrón o terracota. Porque ese abrigo de lana color marrón o terracota tenía dos generosos bolsillos en la parte inferior. En uno de esos bolsillos (el derecho), metió una mano Mirta López (la derecha). La apoyó sobre esa parte que entendió como el medio de ella misma. La apoyó fuerte, la apretó.

Existe un ritmo en el rezo, una cadencia: eso viene, como todo, de los judíos, que lo marcan con el cuerpo al decir las oraciones. Ese ritmo traspasó, en mi abuela, hacia la mano. La mano metida, primero en el bolsillo y después en ella misma, fue apretando lo apretado, revolviendo lo revuelto, con un ritmo regular pero de una intensidad creciente; escondida en el bolsillo, en la lana del abrigo, clandestina en el color que no sabía del todo nombrar, invisible pero absoluta, solapada pero cierta, se apretaba y se movía en un redondel muy cerrado, en un lejos sin recorrido; un punto (uno solo), y en ese punto, el universo; el reino de los cielos en el mundo terrenal; la altura: lo celestial, conquistando la parte baja; el ritmo, la cadencia, la escansión, ¿no se marcan, acaso, con la mano?; la mano en el bolsillo, marrón o terracota, corrido sobre ella, no al costado; corrido sobre ella, más o menos en el medio; la mano como un derviche, girando y quieta; el cuerpo sufrió (¿sufrió?) un espasmo, se contrajo y se liberó; a Mirta se le escapó un «¡ah!»; lo disimuló, treta astuta, en un «amén». Se mordió la boca. Miró al costado.

–Id con Dios –dijo el padre, desde el púlpito.

Y eso hicieron.

La dicha plena le impidió preguntarse, durante ese día y durante los siguientes, qué pensaba de lo que había pasado. Podía evocarlo, eso sí, y en verdad no paraba de hacerlo, también podía remedarlo (lo hacía casi cada noche, en secreto, en su cama, alzando su camisón); pero no podía pensarlo. Un brillo de epifanía envolvía sus recuerdos, imprimiendo sobre ellos el sello irrevocable de una absoluta bondad. ¿Cómo podía haber pecado en un hecho de tanta conmoción espiritual? Seguramente no lo había. Algo así debía pasar con ese éxtasis de las santas que, desde chica, la intrigaba. Nada había más cabal y, a la vez, más indescriptible. De su estado, de sus vivencias, no podía afirmarse otra cosa.

Eso se dijo, dice mi abuela, pero a la vez, muy por debajo, había algo que la incordiaba. No acudía a confesarse, y por algo no lo hacía. Encontraba a cada momento una excusa, asuntos impostergables que se interponían, tareas que colmaban sus tiempos. Tuvo que terminar por admitir, sin embargo, que en verdad lo que estaba haciendo era rehuir esa comparecencia con la verdad y ante la verdad. Al advertirlo, se obligó a ir a la iglesia de San Patricio y a presentarse ante su confesor. Esta vez no preparó, como solía, mentalmente, un sumario de sus flaquezas humanas, ni bosquejó, como otras veces, un esquemita de lo que iba a decir. Esta vez, en el confesionario, sin ensayo ni premeditación, se dejó llevar por las palabras.

Y las palabras, por alguna razón, no la llevaron hacia la misa de aquel domingo en la catedral de Mercedes. La alejaron incluso de ahí. No es que lo callara o que se impidiera a sí misma mencionarlo. Simplemente las palabras fueron tomando otros rumbos; tejieron sus recorridos muy en otras direcciones. Confesó, por ejemplo, en tren de confesar, que no había completado, en su momento, el total de padrenuestros ni el total de avemarías que le habían sido impuestos como forma de penitencia. Pero el padre Suñé replicó, ante eso, con insólita jocosidad, impropia para un confesionario, que a veces, en la cantidad, hasta Dios podía perder la cuenta. Que lo importante no era el número, materia de una ciencia exacta, sino el hecho de que hubiese habido contrición y pesadumbre, un peso en el alma y una retractación.

Mirta López se cuestionó después sus omisiones.

¿De qué le servía callar, aunque fuese sin intención, si Dios todo lo sabe? Omnisciencia, omnipotencia significaban justamente eso: que podía saberlo todo. Mirta López se tranquilizó: si podía saberlo todo, también podía perdonarlo todo. Porque si no, no había omnipotencia. Se dijo, y se persignó.

El padre Suñé se habrá sentido complacido, aligerado. La virtud, una vez más, había doblegado al vicio. Sus ruegos y sus penitencias y el sufrimiento de su propia carne habían ascendido al cielo y tocado la misericordia divina, para bien. La oveja descarriada se encontraba ya otra vez en el rebaño. El deber del buen pastor.

Se habrá quedado tranquilo y feliz. Y un poco después se habrá enterado, porque se enteró poco menos que todo el pueblo, de que Mirta López, la chica de los López, tenía un novio. Un noviecito, sí, cosas propias de la edad. Y que ese novio, ese noviecito, no era (le pareció preferible) el hijo mayor de los Videla. No era él, sino otro; un muchacho algo más grande, de familia de chacareros, que según supo se llamaba Anselmo.

No es solo el río, sin embargo, o no es tanto el río como esos otros muchos cursos de agua que surcaban la ciudad y, en cierta forma, la surcan todavía. Se hace de cuenta que no existen, que nunca existieron. La ciudad se imagina a sí misma tan maciza como reseca; esa humedad tan famosa, que puede que hasta la defina, se resuelve como cosa del aire, solamente cosa del aire. Del suelo no se dice nada. Y del subsuelo, mucho menos.

Pero estaban, y en rigor de verdad todavía están, esos muchos arroyos y arroyitos que corrían por sus pendientes (porque la ciudad se imagina también siendo muy plana, pampa urbana, y no lo es) y ahora corren, pero entubados, por debajo de su suelo. En una ficción de inexistencia más contundente aún que la del río, se vive como si no hubiera nada de eso. Los arroyos, sin embargo, están, por debajo de ciertas calles. A saber: el arroyo Maldonado (por debajo de Juan B. Justo), el Vega (por debajo de Blanco Encalada), el Medrano (por debajo de Ruiz Huidobro y luego de García del Río), el White (por debajo de Campos Salles), el Ochoa-Elia (por debajo de la zona de Nueva Pompeya), el Cildáñez (por debajo de Suárez, de Cárdenas, de la avenida Remedios, de Lasalle), el Manso (por debajo de Pueyrredón, Sánchez de Bustamante, Gallo, Austria), el Granados (por debajo de Perú y luego de Bolívar), el Matorras (por debajo de Independencia), el Ugarteche (por debajo de Juncal).

Corren inadvertidos, olvidados allá abajo. No se pierden, se transforman. Ahora son nuestras cloacas.

Desembocan mayormente en el Río de la Plata, nada lejos del Aeroparque, o bien directamente ahí.

Sirven para eliminar desechos.

Anselmo Saldaña abordó a Mirta López, mi abuela, bajo un árbol entreabierto de la ribera del club Mercedes. Los jóvenes de la ciudad iban ahí a distraerse, y mi abuela, para entonces, ya estaba por cumplir quince años. Algunos remaban, otros jugaban al fútbol o al básquet. Otros iban simplemente a echarse en alguna sombra, sobre alguna tela suave que dejara traspasar la frescura noble del césped. Las bebidas bien heladas y las risas sin motivo ayudaban a hacer que las horas pasaran. Y pasaban.

Aunque mi abuela, por afición, era bastante lectora, no atinó a interpretar, en un principio, sus aires de galanteo. No sabía maliciar, ni lo pensaba. Supuso, por puro candor, que las miradas de ensueño que Anselmo le dispensaba eran mera somnolencia, que los silencios que él reservaba para suspiros y melancolías eran baches de la conversación nada más. Una vez quiso arrimarle una mano lábil para acariciarle apenas el pelo, y ella, sobresaltada, le preguntó si tenía algo: un abrojo, una araña, algo así. Creyó que él quería corregirla.

Anselmo, en cambio, tenía estrategias. Era lo que más tenía: un más que surtido arsenal. Se las arreglaba, una y otra vez, para quedarse a solas con Mirta, haciendo evaporar en la nada al grupo constante de sus amigos; conseguía aproximarse a ella, hablarle de cerca, rozarle la ropa. Alguna vez, como si no estuvieran solos, le dijo una cosa al oído, como si un secreto, porque supuestamente lo era, no pudiese transmitirse sin su entera gestualidad. Él tenía veinte años: más de cinco más que ella. El criadero de pollos de don Emilio, su padre, se prolongaba, ya en el pueblo, con una despensa avícola muy apreciada, y más allá del pueblo, con un circuito comercial de abastecimiento para Buenos Aires. Anselmo se ocupaba de eso. Era un símbolo de prosperidad.

La inocencia de Mirta López la dejaba, en principio, a merced de las astucias de Anselmo; pero también, al mismo tiempo, la blindaba completamente contra ellas. Porque, por candidez, no se enteraba, lo dejaba avanzar, acechar, rondar; lo dejaba insinuar, sugerir, tirar zarpazos verbales. Y a la vez, por la misma razón, nada de eso le hacía efecto. No respondía: ni favorable ni desfavorablemente. No admitía, pero no rechazaba. No acogía, pero no repelía tampoco. Así de simple: no respondía. Y no respondía porque, en general, no se enteraba.

Anselmo Saldaña estaba, ya para entonces, y puede que desde un principio, perdidamente (se dice así) enamorado de Mirta López. De ella le gustaba todo, y ese todo le gustaba tanto que de la parte que no conocía (su forma de ser, por ejemplo) no podía imaginar sino que iba a gustarle también. Sabía que ella no tenía novio, y que nunca lo había tenido. Acertaba, por lo tanto, en cierta forma, atribuyendo a la timidez tanto su abstención como sus reticencias. Y acertaba al pensar que, no habiendo en ella disuasión notoria, ni existiendo tampoco rivales a la vista, todo era cuestión de tiempo y él tenía que saber esperar. Pero esperar así, sin plazo definido, se le estaba volviendo imposible (algo completamente imposible y, a la vez, su única posibilidad: lo único que le restaba por hacer y lo que no podía hacer).

La tenue indolencia de Mirta López, sin ser en absoluto una estrategia, equivalía a fin de cuentas a una estrategia, tenía su misma eficacia. Ella apenas consentía, admitía apenas; pero dando siempre la firme impresión de que no estaba enterándose de nada. En cierto modo, dejaba hacer; pero en cierto modo parecía no darse cuenta de que había alguien (Anselmo Saldaña) haciendo algo (tratando de seducirla). Escrutada con avidez por el pobre desesperado Anselmo, no entregaba Mirta López ni la más mínima señal de lo que le estaba pasando por dentro con todo ese rondar. Lucía neutra: ni halagada ni molesta, ni ilusionada ni afligida, ni envanecida ni agobiada. Disponible, pero ajena: dejaba hacer.

Anselmo, algo cauto, indagó entre sus amigas más próximas (Francisca Almada, Clara Zanabria) alguna pista de la intimidad; pero no, no había nada, mi abuela era reservadísima (¿era eso: reservadísima: escondía? ¿O no escondía nada porque no había nada, porque la prescindencia, esa divina prescindencia, era toda su verdad?). Dice ahora que no se acuerda, que le parece que no pensaba nada, que vivía hueca, la mente en blanco, el alma quieta. Anselmo en torno no la incordiaba, no; tampoco la atraía. Puede que, en cierta forma, le agradara. No sentía, en cualquier caso, la más mínima necesidad de manifestárselo. Ni eso ni nada.

Se entiende que, con una actitud de esa índole, terminara de enamorar a Anselmo Saldaña, incluso que lo enloqueciera de amor. ¿Cuánto podía durar todo eso? ¿Cuándo iba a cortarse ese hilo, a fuerza de estirarse y estirarse y estirarse? Anselmo dio en pensar que acaso nunca. Que ese suspenso que él habitaba, sumando tardes juntos, paseos con crepúsculos, charlas florecidas, felicidad, podía dilatarse indefinidamente. Habría hilos, o podía haberlos, capaces de no cortarse jamás. Entonces hubo un día, parecido a cualquier otro, con brisa y con nubes, el club algo apaciguado, él conmovido, ella con una cinta de color azul en el pelo, en que Anselmo Saldaña se acercó a Mirta López, la miró a los ojos, los esperó, y una vez que ella, callada, lo miró a su vez, aunque sin expresión, le dijo que la quería: que estaba enamorado de ella.

Mirta López no dijo nada. Él advirtió que iba a quedarse así. Y entendió que ese silencio, si él lo dejaba durar, acabaría por convertirse en rechazo, por más que ella no tuviese esa intención. Entonces, tras declararse, fue hacia ella y la besó en la boca. Un beso decidido (más decidido que él, que lo daba), cuya duración le fue indicando (no sin una íntima zozobra) que ella no se oponía. Porque ella no se apartó, no lo empujó, no se dio por avasallada; se dejó besar, primero, y después accedió a besar también. ¿No era extraño que algo tan inmensamente esperado (por él) pudiese resultar al mismo tiempo inesperado (para ella)? ¿Y no era extraño que, siendo así, le pareciera a él tan increíble que ese hecho hubiera ocurrido, en tanto que ella, a juzgar por su semblante, lo tomaba a todas luces con absoluta naturalidad? Se miraron por un segundo. Anselmo sonrió, como quien pregunta. Y Mirta, como quien contesta, sonrió a su vez.

No fue después del beso, sino durante, que mi abuela alcanzó a preguntarse qué era lo que sentía: si le gustaba o si le disgustaba eso que estaba pasando. El tema había surgido, más de una vez, entre sus amigas, como intercambio de pareceres, o de conjeturas, entre las que estaban de un lado o del otro de esa frontera rotunda denominada experiencia. Muy bien: ahora le estaba pasando a ella. Que no había sentido al respecto intriga alguna ni tampoco ansiedad. Muy bien: era eso. Le estaba pasando a ella. La boca de un hombre en la suya. La lengua y la saliva (las opiniones, divididas: «qué asco» / «ni te das cuenta») de un hombre en su boca. Era eso. Le estaba pasando a ella.

¿Le gustaba? Le gustó. Así se dijo: que le gustó. Placer era una palabra del todo impropia, entusiasmo era mucho decir. Pero gustar, le gustó. Le gustó como se dice de cualquier cosa que uno haya probado y admite que vuelva a pasar. En ese sentido, sí: le gustó. Se sintió complacida de no haber sufrido repugnancia, más incluso que del hecho mismo de haber sido besada. Y no atinó a plantearse, ni entonces ni después, si lo que le había gustado era el beso, besar y que la besaran, o Anselmo Saldaña: el que la había besado. ¿No eran acaso una misma cosa? Ese beso y quien lo dio eran para ella una sola y misma cosa, indisociable por definición. De que el beso le hubiese gustado coligió que le gustaba Anselmo Saldaña. Y como ignoraba que existiesen matices, escalas o progresiones, o no sentía interés en considerarlos ni en desbrozarlos, se dijo, acaso feliz, que, puesto que le gustaba, estaba enamorada de Anselmo Saldaña. Haberlo besado, por lo pronto, o haberse besado con él, significaba, de hecho, que estaban de novios. Así era para ella, así era para él, así era para sus amigas, para los chicos del club, así era para todos en Mercedes (existían, por supuesto, las que besaban sin ser novias ni ponerse de novias: eran las putas del pueblo, no había ninguna en su círculo). La noticia del noviazgo fue bien tomada por todos: por el grupo de amigos («era hora»), por su papá («me gustaría conocerlo»), por su mamá («es buen partido»). Incluso, y sobre todo, por el padre Suñé, que especificó que el amor, cuando se mantiene puro, es siempre una bendición de Dios (dijo así: «bendición»).

Anselmo Saldaña era un hombre voluntarioso, sumamente dedicado al trabajo, gustoso de progresar, muy sociable y buen amigo. El futuro parecía garantizado con él. Mi abuela a veces lo encontraba un tanto aburrido (en lo concreto: bostezaba con las charlas), pero quizás fuera ese el precio a pagar si uno quería tener horizontes ciertos. Padecía un solo vicio, el de la cerveza, que tomaba en demasía; fuera de hora (por ejemplo, a la mañana) y fuera de estación (por lo pronto, en el invierno). La cerveza, sin embargo, lo volvía un poco más ingenioso, con lo cual el tedio cedía (mi abuela venía a descubrir así que en la vida rige una ley de equilibrios y compensaciones). Ella era chica todavía como para largarse a tomar cerveza: ni se lo permitían ni lo deseaba, pero se daba cuenta de que, en el futuro, la cerveza iba a gustarle, porque le gustaba ya el sabor que los besos de Anselmo, su novio, le transmitían por vía indirecta.

Se acostumbró a considerarlo así, a decir y a que le dijeran que Anselmo era su novio. No se acostumbraba, en cambio, para nada, al modo en que se le doblaban los cuellos de las camisas: parecían siempre mojados, aunque nunca lo estuvieran; viscosos, debilitados. Los comparaba, claro, con los del hijo mayor de los Videla: impecables. Los de Anselmo se torcían, según los gestos que hiciera, vencidos, ablandados; se curvaban o hasta se enrollaban, le daban un feo aspecto. El pelo se le embarullaba, también eso le daba aprensión. Él accedió, por pedido suyo, a untarlo con fijador, y a ella le entró la ilusión de que ahora luciría atildado. Pero no fue así, y hasta fue peor. Al hijo mayor de los Videla el pelo engominado y exacto le daba un aire de sobriedad, transmitiendo la certeza absoluta de que nada había capaz de alterarlo (ni al pelo perfectamente peinado, ni a él mismo). Anselmo, por el contrario, tenía un pelo sinuoso que, sin llegar a enrularse, se ondeaba. Empastado con Glostora, cobraba un aspecto de alambre. Y en vez de quedar compactado, como el del hijo mayor de los Videla, con la forma armónica del cráneo, soltaba unos inesperados pinches, cables sueltos de aparatos rotos.

Y el calzado, también el calzado. El del hijo mayor de los Videla lo hacía lucir afirmado, bien plantado sobre el suelo, y al mismo tiempo lejano, un poco por encima de todo: pisaba decididamente el mundo, pero sin tocarlo, sin hundirse. Las alpargatas chacareras de Anselmo, en cambio, o peor que eso, los mocasines desvencijados con que intentaba inútilmente emular cierta elegancia, casi nunca estaban exentos de un pegote de barro y de pasto. A veces era barro seco, que en el andar se le descascaraba y se le iba desprendiendo; pero a veces, y por lo general, parecía humedecido. Tanto como el propio Anselmo. Porque era el propio Anselmo quien la hacía pensar en humedad, en la humedad de los roperos, en la humedad de las cunetas. Por contraste, eso era claro, con la bella sequedad del hijo mayor de los Videla. De lo húmedo, especificó, se desprendía también lo fofo, lo grumoso, lo gomoso, esa vaga evocación de lo lácteo. A menos que ella, Mirta López, se olvidara por completo de la hechura en fibra tensada del hijo mayor de los Videla. Pero ¿cómo iba a olvidarse de eso, de eso y de todo, si no dejaba, pese a todo, de mirarlo pasar por la calle, de cruzárselo mediante azares de artificio?

No obstante, sintió que a Anselmo lo quería. Por eso dejó que el noviazgo durara. Los besos siguieron, con mayor pasión cada vez. Y empezaron las caricias, que a ella también le gustaron. Por encima de la ropa, al principio, y por debajo de la ropa, después. Por debajo de la camisa, la espalda (pero amagando ir hacia adelante); por debajo de las polleras, las piernas (pero amagando ir hacia arriba). Las más avispadas de entre sus amigas ya le habían remarcado la advertencia: los varones siempre quieren fifar. Pero casarse sin ser virgen era la peor de las manchas posibles (incluso para los varones que, aunque la ocasionaran, pasaban de inmediato a despreciar esa condición). Llegar inmaculada a las nupcias (ah: entonces inmaculada era esto) era irrenunciable.

Anselmo aceptó de buen grado sus planteos (entonces era cierto, la habían asesorado bien: si se dejaba, él mismo, una vez fifada, la vería como una puta y ya no querría casarse con ella). Pero le explicó, a cambio, con locuaz pedagogismo, entre besos y arrumacos y murmullos en hora de siesta, que de las manos ya no era virgen, porque había tocado cosas, porque había agarrado cosas. Podía, por lo tanto, sin temor a caer en pecado, tocar, agarrar. Y le explicó, puesto a explicar, que no era virgen de la boca, porque había tomado y comido, porque había lamido y tragado («¿Los helados cuentan? ¿Las comidas cuentan?» Anselmo: «¡Claro que cuentan!» Otra duda: «¿Y el pis?» Anselmo: «No. El pis no cuenta. Porque pasa sin abrir, sin romper»).

Así fue como Mirta López agarró y tocó, así fue como lamió y tragó, preservando su virtud, con afán de mantenerse casta. El padre Suñé confirmó: Dios concedía ese dar satisfacción al hombre, pues servía para la protección de la pureza. Si hubiese vicio, sería pecado, y grave; de esa forma, por el contrario, era prueba de santidad. Fungía como una ofrenda, incluso como un sacrificio: otorgar al varón esos alivios menores, para llegar ella misma intocada a la unión bajo sacramento. De paso, agregó, casi alegre, la apartaba de sus malos pensamientos, que eran obra del demonio, tanto como de su ensimismarse, práctica horrenda, que no era más que el demonio metido en su propio cuerpo.

Con la inauguración del subterráneo en 1912 (Plaza de Mayo-Plaza Miserere, la primera línea instalada en toda América del Sur), presumo que se habrá suscitado la ilusión de dominar, a fuerza de modernidad y a fuerza de tecnología, el mundo de debajo del suelo. La luz y la velocidad suplían, en la imaginación y en los hechos, al reino de las catacumbas.

Con esa ilusión, esta otra: que los arroyos aplastados, contenidos, reprimidos ahí abajo, pudiesen ya no existir más. Darlos no ya por entubados, sino por extinguidos. Y que la ciudad de Buenos Aires transcurriera, así sin más, como si abajo no hubiese huecos, agua corriendo, una antigua cartografía hídrica, canales y recovecos, tácitos túneles.

Pero basta con asomarse a algunos sótanos, por ejemplo, para comprobar en las filtraciones continuas, en el acecho palpable de los años de humedad, que los arroyos de esta geografía siguen ahí. O basta con que llueva, pronto y mucho, en Buenos Aires, para que brote el agua en la superficie, trepe sobre las veredas, raspe las casas, sacuda los autos, restablezca viejos cauces, recupere su cielo abierto.

Ezequiel Martínez Estrada escribió que la pampa, aplastada por la gran urbe, negada por la ciudad, emergía desde lo profundo y conquistaba (reconquistaba) Buenos Aires. Algo así, del mismo orden, pasa a veces con los arroyos. Cuando no, corren callados, parece fácil su olvido. La vida normal se desarrolla en la superficie, aboliendo mentalmente esa subciudad de galerías oscuras y latentes. Nadie piensa en ese subsuelo. Nadie se fija. Hay que ver qué es lo que pasa arriba cuando lo sumergido emerge, cuando la ciudad clandestina socava a la visible, cuando el curso reprimido retorna hacia lo que reprime.

Verano del 46: los Videla en pleno se fueron, como solían, de vacaciones a San Luis. Adoraban esa provincia, dice mi abuela; se consideraban incluso de ahí; uno de los suyos había sido gobernador un tiempo atrás, y de ese hecho obtenían, sin esfuerzo, algo así como una alcurnia. El aire del lugar era bueno, según decían, y el paisaje con montañas traía su compensación periódica a los meses dominados por la lisura total de Mercedes. La familia de mi abuela (que es, con más distancia, la mía) prefería desde siempre el mar: el bullicio ventoso de las playas, el zumbido fatigado de las olas.

Ese verano, en particular, trajo cambios al país: reemplazo de un gobierno por otro. Hay un arte que consiste en mantener constantes las vidas, no dejar que las alteren los hechos meramente exteriores. No obstante, dice mi abuela, los cambios generales habrían de cambiar también la vida de la familia Videla. El padre, bajo la nueva gestión, dejaría de ser el intendente a cargo de Mercedes. Se retiraría, como se estila decir en esos casos, con la satisfacción del deber cumplido. Otros vientos soplarían, para ellos y para todos. No fue esa, sin embargo, la novedad de ese verano que más impacto produjo en mi abuela. Por suerte Anselmo seguía ahí cuando el chisme llegó y se desperdigó en todo Mercedes: el hijo mayor de los Videla, allá en San Luis, había conocido a *alguien*. ¿A alguien? Se entendía: a una mujer. ¿Él tan parco, tan abstraído? Él tan parco, sí, tan abstraído. Había conocido a alguien. ¿A alguien? A una mujer. Por suerte para Mirta López, el bueno de Anselmo seguía ahí, su novio siempre. Y por suerte no preguntó por qué razón exactamente había recrudecido tanto su amor por él en aquel final del verano, como nunca quiso saber, tampoco, en qué pensaba exactamente ella al entrar en fogosidades con él. Lo quiso más que nunca, aun pringoso, aunque blando, porque en aquellos días se sintió menos triste que enojada.

Se supo pronto: el hijo mayor de los Videla, en plenas vacaciones familiares, se había puesto de novio con una tal Alicia Hartridge. Sangre europea, distinción, refinamiento, pronunciaciones. Mirta López odió los manteles de hule, las alpargatas raídas y el hábito de escarbadientes que conformaban, en parte, su mundo. Dijo «Hartridge» en voz alta, cuando nadie la escuchaba, buscando ese punto intermedio del decir que existe entre la *a* y la *o,* ese exilio de la *ge* que la arroja entre la *che* y la *i griega.*

Los veranos son más espesos: más hondos, más despaciosos. A mi abuela, según dice, desde siempre la desconcertó que a ese tiempo se lo asociara con lo liviano, con lo volátil (cuando se dice, concretamente, que un amor es «amor de verano». Para ella era al revés). El calor vuelve a las cosas más concretas, más consistentes. A lo cual había que agregar, por cierto, el gusto por lo definitivo que el hijo mayor de los Videla exhibía desde siempre. No podía concebirlo, Mirta López, dando un paso a la ligera, ni tampoco dando un paso atrás. Si Alicia Hartridge, según se decía, fue su novia ese verano, lo sería de ahí en más. Y además se casaría con él. Y tendría con él a sus hijos.

Y, en efecto, así ocurrió. El hijo mayor de los Videla se casó con Alicia Hartridge el sábado 7 de abril de 1948, dos años después de haberla conocido. Él tenía para entonces veintitrés años de edad y ya revistaba como teniente en las filas del Ejército Argentino. Con ella tuvo a sus hijos: tres varones, dos mujeres (el primero, sin embargo, casi no vivió con ellos). Para entonces, en cualquier caso, Mirta

López había tomado el recaudo de casarse con Anselmo Saldaña, mi abuelo. Lo hizo un año antes: en mayo del 47. Para cuando lo otro pasó, ella tenía su vida resuelta.

Mis abuelos se casaron en la catedral de Mercedes, pero el párroco que ofició la ceremonia no fue otro que el padre Suñé. Pedido expreso de Mirta López. La fiesta, al día siguiente: en el salón Las Violetas. Bailaron hasta la madrugada, comieron a más no poder. La luna de miel: en Bariloche. Una semana completa en el Hotel-Hostería El Ciervo, con vista al Nahuel Huapi desde algunas de sus ventanas. Hicieron las excursiones, comieron ciervo y truchas, se juraron estar juntos toda la vida. Y cumplieron.

Siguieron viviendo en Mercedes por algunos años más. A fines del 53, se mudaron a Buenos Aires. Tuvieron tres hijos: Ángel (mi papá), Roberto (mi tío), María Cristina (mi tía). Tuvieron siete nietos: uno de Ángel (que soy yo), tres de Roberto (mis primos: Julio, Mario, Eugenio), tres de María Cristina (mi primo: Diego, mis primas: Marcela y Julieta). Una vez en Buenos Aires, vivieron siempre en La Paternal.

Mi abuelo Anselmo murió de un paro cardíaco el primero de junio de 1978, el día en que empezaba el Mundial. Mi abuela Mirta asumió su viudez con serena dignidad, con una resignación verdadera. Con el tiempo, con los años, empezó con algunos problemas: se caía porque sí, se olvidaba de las cosas. Un par de veces se perdió en la calle, no sabía cómo volver a su casa. Una vez llegó Roberto a visitarla y la encontró tirada en el piso: se había caído, se había golpeado. Al principio no lo reconoció.

La familia (lo que quedaba de ella) decidió que lo mejor era llevarla a un lugar donde estuviese cuidada. Hogar de ancianos, rezaba el cartel de la puerta, evitando, como se suele, la palabra maldita: geriátrico. ¿Hogar de ancianos? Casa de viejos. Al menos ya no se iba a lastimar ni pasaría horas de angustia deambulando por calles ignotas (ninguna de las cuales, incluida la suya, le parecía para nada la suya). Le darían de comer sin sal y también su medicación completa, sin olvidos negligentes ni confusiones de una pastilla con otra.

El hogar de ancianos, la casa de viejos, el geriátrico, se llama Plaza Mayor y queda en la calle Plaza, en el barrio de Saavedra. Dice mi abuela que ahí está bien. Yo soy, de todos, el que más la visita. Jugamos a las cartas y conversamos de viejas cosas. A veces, cuando llego, si está embotada o un poco ida, me confunde con mi papá. Me dice por ejemplo: «¡Qué joven estás!», y yo advierto que es por eso. No la corrijo, no digo nada. En el curso de la conversación, ella sola se da cuenta de que no, de que no puede ser, de que no soy.

AEROPARQUE

A las siete de la mañana, salen los tres. El día ya empezó, porque es febrero. Desde hace un rato está claro el cielo. Se suben a la furgoneta: dos adelante, conductor y acompañante, y otro en la parte de atrás, la de la carga. El piso, en esa parte, ya fue arreglado. Una plancha de metal, soldada y remachada sin demasiada prolijidad, cubre ahora lo que hasta hace poco era un boquete. El que viaja en esa parte, la de atrás, ya no tiene necesidad de ir agarrado. O sí, pero para no andar zarandeándose, no para evitar ir a caer en el agujero. Por ese agujero pasaba perfectamente el cuerpo de cualquiera de ellos. De hecho, en los sucesivos días, el cuerpo de todos ellos había pasado por ahí. Para salir y para entrar. Para bajar y para subir. Después quedó, y era un peligro. En una frenada brusca, o agarrando un pozo en la calle, quien perdiese el equilibrio y se embocara justo en el hueco destapado, podía ir a parar sin más al pavimento, romperse algo, lastimarse mucho, ser incluso pisado por una rueda de la Citroneta. Y peor que eso, peor que eso todavía: podía llegar a llamar la atención.

Son las siete, y salen. El día llegó.

Durmieron ahí, en la casa de Pepe y de Érica. Cenaron los cuatro: Pepe y Érica, David y Martín. No hay espacio en el monoambiente, se las arreglaron como pudieron, comiendo en el piso. Y se las arreglaron como pudieron para dormir. La camita, un sofá. El piso.

Comieron los cuatro y durmieron los cuatro, pero salen tres. Érica se queda. Érica no va a participar de la operación.

Durante la cena, hablaron de música. Hablaron, pero

más que nada habló Martín. Y de música, pero más que nada de piano. De piano y de pianistas. Porque Martín sabe mucho de eso: de piano y de pianistas. Él mismo es pianista. Toca muy bien.

Sabe mucho de piano y de pianistas, y también sabe mucho de explosivos. Lo admiran, entre otras cosas, por eso, porque conjuga esa clase de saberes, los de una cultura más refinada, con los netos saberes prácticos, los que permiten pasar a la acción. Todos ellos deploran una disyuntiva de esa índole, pero no todos ellos están en condiciones de superarla.

Martín sí. No solamente los entretiene escucharlo hablar de Gulda, de Richter, incluso de Maurizio Pollini. No solamente los ayudó a distraerse, en la víspera de la operación. También les infundió confianza. También los hizo sentir más seguros de sí mismos.

Conversaron, comieron. Después se acomodaron para tratar de dormir. Pasó la noche, amaneció. Ya son las siete. Salen.

Martín es, de hecho, el jefe del grupo. Lo es como consecuencia de su predicamento y de su prestigio.

Pero grupo no es la palabra. Y jefe, si uno lo piensa, tampoco.

Martín es el teniente Martín. Y el grupo no es nada más que un grupo, es la unidad especial Benito Urteaga. Está a su mando.

Los términos, así, se han desplazado. Pero todo se ha desplazado. Los nombres también.

Porque Martín, el teniente Martín, no se llama Martín. Tiene un apodo, le dicen la Tía. Pero no se llama Martín.

Así como Pepe no se llama Pepe. Ni se llama tampoco José, que es como se llaman los tipos a los que se les dice Pepe.

Y David no se llama David.

Ni Érica se llama Érica.

Todos adoptaron otro nombre.

Y Érica y Pepe, que viven juntos, como pareja, en ese monoambiente sobre la calle Austria en el que todos comieron y durmieron, en verdad no son pareja. Lo fingen, nada más. Lo fingen para dar esa imagen en el barrio. Pero no son una pareja de verdad.

La casa así luce confiable.

Pueden venir amigos a comer. Nadie va a fijarse en la hora a la que se van, ni en si se van.

A la noche, mientras comían y conversaban, algo pasó en la calle Austria.

La policía estableció un retén casi enfrente de la casa. Son comunes en los días que corren los controles de esta clase. Se ubica un patrullero medio cruzado sobre la calle. Deja sus luces sin encender. Los agentes se ubican a un lado y al otro de la calzada, como cerrojo. Hacen gestos a cada auto: que se haga a un lado, que se detenga. Luego semblantean y deciden: hacer seguir o inspeccionar. Indican al conductor que encienda las luces interiores del auto y se fijan. No hay que confiarse en nada: que vaya un niño, por ejemplo, en el coche, o que vaya un viejito o una viejita en el asiento trasero. No hay que confiarse en nada. Piden documentos, piden los papeles del auto. Requisan, si cabe, el baúl. Se asoman a la parte de abajo del auto.

Nunca habían visto un retén justo ahí, en la calle Austria. Prefieren, por lo general, montarlo en las avenidas, donde es más difícil escurrirse hacia las calles laterales. Pero a veces buscan el factor sorpresa.

Ellos siguieron el procedimiento, desde adentro, sin mirar ni estar pendientes. Los autos paraban, se escuchaban voces, ruido de puertas, los coches seguían. No dejaron de comer, ni dejaron de conversar (en especial Martín: sobre Horowitz). No lo tomaron, en absoluto, como señal de mal augurio; ni tampoco, mucho menos, como un factor de inquietud. Se sentían en verdad muy seguros, ahí adentro de la casa. Y se sentían además muy seguros de lo que, al día siguiente, iban a hacer.

Pasado un rato, la policía levantó el retén. La calle Austria volvió a quedar tranquila y callada, como solía ser.

Llegó el día. Lo esperaban, sin saber cuál sería exactamente, desde el 19 de julio de 1976. Ahora ya saben: es el 18 de febrero de 1977. Pasaron casi siete meses. Ahora saben que este es el día que esperaban, y que llegó por fin.

Aquel día de julio, en pleno terrible invierno, hubo una reunión de la dirección (de la nueva dirección: Merbilhá, Mattini, Gorriarán). En el más absoluto secreto.

De esa reunión surgió una consigna, una certeza: «Hay que sacudir el tablero». Porque el rumbo de los acontecimientos tomaba un carácter siniestro, en rigor ya lo había tomado. Y si no lograban dar un golpe de timón, si no lograban sacudir el tablero, la derrota se volvería irreversible.

De esa reunión surgió no solamente esa consigna, sino también un plan.

Había que golpear al régimen, y de la manera más extrema posible.

No se mencionó, pero muchos años después sí se mencionaría, la audacia de los que se arriesgaron con la Operación Walkiria, el lugar heroico que la historia le reservaría a Joachim Gauck. La gloria inherente del atentar contra el déspota. ¿Contrafáctico? Lo contrario:

puros hechos, pura acción. Golpear al régimen, sacudir el tablero, matar al tirano, demostrar poder: todo eso se dijo en la reunión de julio del 76. Y también se estableció un plan.

Eran reacios, como se sabe, a los atentados con explosivos.

Los atentados con explosivos involucran siempre el riesgo de provocar víctimas inocentes. Y ellos eran rigurosamente estrictos en la necesidad de evitar un riesgo así.

Los atentados con explosivos eran, además, propios de las organizaciones terroristas, su modalidad privilegiada, su método casi exclusivo.

Y ellos, como se sabe, no eran una organización terrorista.

No buscaban el terror, sino todo lo contrario. Buscaban golpear al terror para así insuflar al pueblo la confianza de que se podía luchar contra el régimen, que se podía derrotarlo.

Se trataba de una acción por demás excepcional, y esa excepción comportaba otra. Esta vez lo que planeaban era un atentado mayor, el atentado máximo, y lo harían con dos cargas de explosivos.

Unos cincuenta kilos de trotyl, aproximadamente. La idea fue de la Tía, que era el sobrenombre de Martín (sobrenombre de su falso nombre, porque no se llamaba Martín). El plan entero lo propuso el Turco. El Turco quería poner una sola carga de explosivos; una sola carga, y no dos.

Pero no: no se podía. Había (hubo) que poner dos.

A las siete de la mañana del viernes 18 de febrero de 1977, salen los tres: Pepe, Martín y David.

Érica no. Érica no participa de la operación.

Los despide y se queda sola en el departamento de la calle Austria. Ese monoambiente donde finge llevar con Pepe una vida de pareja.

Dentro de un rato, saldrá para su trabajo. Trabaja en una fábrica textil.

Ese trabajo lo adoptó también bajo una disposición estratégica. No por eso, sin embargo, implica un fingimiento. Para nada, más bien lo opuesto. Lo asume como un medio de acceder a la verdad. A su propia verdad, podría decirse.

Érica tiene veintiséis años.

El día pudo ser otro. No cualquier otro, pero otro. De hecho llevaban ya su tiempo esperando y sopesando, postergando y eligiendo. Hasta que el día llegó, va a ser este. El viernes 18 de febrero de 1977. Porque pasadas las ocho de la mañana de este día, entre las ocho y las nueve de la mañana de este viernes 18 de febrero, un avión va a despegar del Aeroparque Jorge Newbery de la ciudad de Buenos Aires.

Un avión: un Fokker F-28.

Un avión: el Tango 02.

En ese avión va a viajar el general Videla.

Van a viajar con él, entre otros, José Alfredo Martínez de Hoz (ministro de Economía), el general Osvaldo Azpitarte (comandante del V Cuerpo del Ejército), el general José Villarreal (secretario general de la Presidencia), el brigadier Oscar Caeiro (jefe de la Casa Militar), Guillermo Zurbarán (secretario de Energía).

Lo previsto es que este vuelo, vuelo oficial, partiendo del Aeroparque Jorge Newbery de la ciudad de Buenos Aires, los transporte hasta la ciudad de Bahía Blanca, con el fin de participar en una serie de actos protocolares y reuniones oficiosas.

Érica rompe con sus manos las cajas de cartón donde vinieron las pizzas de la cena de anoche. Guarda los pedazos en una bolsa de nylon. Cierra la bolsa con un nudo experto. La mete debajo de la mesa que usa para cocinar y para comer, cuando no comen, como comieron anoche, sentados en el piso del departamento.

Oye, mientras tanto, entrando desde la calle, el sonido inconfundible del motor de la Citroneta. Lo oye ponerse en marcha. Lo oye sonar en los minutos que hay que esperar hasta que caliente. Lo oye afrontar el esfuerzo del arranque.

Érica se para frente al espejo pequeño y algo manchado que cuelga de una pared. Se arregla el pelo con una hebilla antes de salir a trabajar. Trabaja en una fábrica textil.

Érica no se llama Érica.

Las medidas de seguridad que se toman en estos casos son severas, rigurosas. Los controles, infranqueables. Intervienen compartidamente fuerzas policiales y efectivos del ejército. La zona desborda, con horas de antelación, de patrulleros de color azul y camionetas de color verde oliva: Ford Falcon y Ford F100. También algunos jeeps. También motos, que van y vienen. Y agentes de a pie, que merodean.

Se corta el tránsito de la avenida Costanera, la única que da acceso al Aeroparque Jorge Newbery. Se corta de un lado y del otro: del lado norte, el de los restoranes en serie y la ciudad universitaria, y del lado sur, el del puerto y los camiones. Hay vallas y hay camionetas puestas en transversal. Hay soldados con armas largas dispuestos a lo ancho de la avenida, y también sobre las veredas (la del lado del río y la del lado del Aeroparque). Ningún vehículo puede pasar por ahí. Por ningún motivo y sin excepciones. Vehículos estacionados no hay, porque la prohibición de estacionar o detenerse, bajo la advertencia «el centinela abrirá fuego», es permanente. Nunca para ningún coche. A nadie se le ocurriría.

De ese lado, el del acceso, el cierre está asegurado. Lo mismo en las cabeceras, a las que ningún auto habrá de llegar, porque el tráfico, mucho antes, se desvía.

Del otro lado están las vías del ferrocarril Belgrano, protegidas por alambrados severos. Y el trazo recto y solo de la despejada avenida Lugones, que quedó cerrada al tránsito también (desvío por la calle La Pampa).

Los vuelos de la mañana, tanto los de salida como los de llegada, han sido postergados hasta después de que el Tango 02 haya despegado y dejado el Aeroparque.

Los pasajeros de esos vuelos, aunque vengan cargando equipaje, no pueden llegar hasta el Aeroparque de otra forma que caminando. Lo mismo quienes concurren a recibir a algún familiar de pronto arribo. De no resultarles posible, deben esperar detrás de los vallados hasta que las medidas de seguridad se levanten y el acceso al Aeroparque quede liberado. De seguir a pie hasta ingresar, no podrán pasar a las respectivas salas de embarque. Deberán esperar en el hall central del aeropuerto, o bien aguardar hasta que se los autorice a entrar en la confitería habilitada en el mismo. Los sectores de acceso a la pista quedan estrictamente vedados. Los equipajes no pueden despacharse hasta que se dé el anuncio general de una expresa autorización al respecto. Está prohibido aglomerarse: ni frente a los mostradores de las aerolíneas ni en ninguna otra parte.

A la reunión del 19 de julio de 1976 de la nueva dirección (Merbilhá, Mattini, Gorriarán), el Turco llevó los planos de los túneles del arroyo Maldonado. El arroyo Maldonado corre a través de la ciudad de Buenos Aires, por debajo de la avenida Juan B. Justo. Desemboca en el Río de la Plata, atravesando perpendicularmente el Aeroparque Jorge Newbery. Desplegaron esos planos sobre una mesa bien iluminada y conversaron largo rato sobre el tema.

A la altura del Aeroparque Jorge Newbery de la ciudad de Buenos Aires, el arroyo Maldonado alcanza una profundidad de dos metros y medio.

El túnel de su entubamiento, llevado a cabo entre 1929 y 1933, mide en ese tramo unos cinco metros y medio de altura.

Esas mediciones, por supuesto, son promediales. Tanto la profundidad del agua como su distancia hasta el techo pueden alterarse, según las variaciones que llegue a sufrir el caudal normal del arroyo, dependiendo de los factores climáticos circunstanciales.

En el mes de septiembre de 1976, comenzaron las operaciones de reconocimiento del arroyo Maldonado.

En total fue necesario bajar unas diez o doce veces. La primera de esas veces, bajaron en Floresta. Floresta es un barrio alejado y apacible; queda casi en el extremo opuesto de la ciudad, respecto de la ubicación del Aeroparque Jorge Newbery.

En el trazado uniforme y regular de la ciudad de Buenos Aires, en la notoria monotonía que le impuso la cuadrícula, el arroyo Maldonado, y por ende la avenida que lo cubre, destaca una inesperada diagonal, un atajo y un zigzagueo, una rara plasticidad, una alteración por demás evidente.

La avenida Juan B. Justo lleva el nombre del fundador del Partido Socialista en la Argentina. Fue el primer traductor al castellano de *El capital* de Carlos Marx.

El Aeroparque Jorge Newbery lleva el nombre del pionero heroico de la aeronáutica en la Argentina. Halló la muerte, a manera de destino, en un accidente de aviación.

Bajaban al Maldonado aprovechando las bocas de tormenta. Levantaban las tapas negras de hierro y se metían por ahí.

Se ocultaban, cuando podían, bajando desde la parte de atrás de la furgoneta, a través del agujero que con tal fin le habían abierto en el medio aproximado del piso y mal tapado con un pedazo de chapa. Pero no siempre se podía hacerlo así.

Bajaban a primera hora del día, cuando no había casi nadie en las calles. Las tareas ahí abajo podían llevarles varias horas. En cualquier caso, volvían a subir indefectiblemente antes de que llegara la noche, porque esa clase de proceder, en plena noche, en caso de ser detectado, no podía sino resultar sospechoso. Durante el día, se esmeraban en no ser vistos. De serlo, sin embargo, podían perfectamente pasar por una cuadrilla de trabajo, aplicada a tareas de mantenimiento o hasta de saneamiento del arroyo Maldonado.

La unidad especial Benito Urteaga lleva el nombre de quien cayó en un enfrentamiento armado, junto con Roberto Mario Santucho, de quien era segundo, en un departamento de la calle Venezuela 3149, Villa Martelli, el 19 de julio de 1976.

Más hacia el oeste, en barrios más alejados, eran más accesibles los lugares de ingreso, o de descenso, a los túneles del arroyo Maldonado. Lo precisaban porque, al cabo de una primera operación de reconocimiento, resolvieron valerse de un bote de goma para moverse ahí abajo y transportar los distintos implementos.

Lo que había que transportar, en conjunto, pesaba aproximadamente unos ciento veinte kilos.

Consiguieron el bote de goma. Lo bajaron. Lo dejaron fuertemente atado a un travesaño de material, en un sitio señalado.

Reunieron un buen equipamiento de exploración con, por ejemplo, linternas sumergibles, sogas contundentes, materiales impermeables de envoltorio.

Empezaron a operar desde Floresta. De ahí en más, en sucesivas bajadas, se fueron aproximando: la avenida Córdoba, la zona de Puente Pacífico, y así siguiendo, hasta llegar a la altura del Aeroparque Jorge Newbery.

En Floresta las calles son más desoladas, a menudo están vacías, la gente es más de quedarse en su casa (si salen, es recién hacia la media mañana, y para hacer algunas compras nada más. Después de eso, regresan. Como se conocen, si se encuentran, pueden quedarse conversando en una esquina, las bolsas con las compras en el suelo, las manos en los bolsillos o en la cintura o cruzadas por delante del cuerpo).

Había menos peligro de ser vistos, en esa zona, al haber menos transeúntes, menos tráfico.

Pero había, a la vez, mayor riesgo de llamar la atención. Esos barrios son más estables, más homogéneos, más de rutinas, más iguales a sí mismos cada día. Cualquier cosa distinta que pase, cualquier cambio de ritmo en el paisaje, no puede sino ser notado: atrae la mirada como un destello, un resplandor.

Se compensa un factor con el otro. La planicie de lo

cotidiano termina por prevalecer.

Bajaron por ahí el bote de goma, tras detectar una boca de ingreso más generosa.

Lo hicieron un domingo muy temprano. Las tareas de mantenimiento, las de prevención de obstrucciones, no saben nada de asuetos, de jornadas no laborables. Con eso quedarían cubiertos.

A esa hora de ese día, sin embargo, en las calles de Floresta no había prácticamente nadie. La ciudad parecía haber sido evacuada. O sometida (como de hecho lo estaba) al rigor de un toque de queda. Se la podía suponer desierta: los lugares intactos, pero vacíos de gente. O se la podía suponer en obediencia estricta a un mandato general de reclusión. La gente estaba, pero metida adentro. Sin salir ni asomarse ni enterarse.

Ellos actuaron con suma discreción, y con ensayada presteza.

Pronto el bote de goma estuvo abajo: posado ya en el Maldonado.

Llegaron sin ser vistos.

Se fueron sin ser notados.

Después bajaron la carga. Doscientos kilos de dinamita.

Para eso se valieron, sí, del boquete practicado en el piso de la parte trasera de la Citroneta.

Bajaron con sigilo y subieron con sigilo: invisibles.

Dieron con una boca de tormenta que les brindó la posibilidad de estacionar justo sobre ella, sin que la furgoneta quedara muy atravesada en el medio de la calle, lo que habría resultado extraño.

Las chapas de la Citroneta eran tenues, perforables. Se metían por ese agujero, el del piso de la camioneta, y de inmediato por un agujero segundo, el de la calle, el de la ciudad.

Dejaron los explosivos en el bote de goma.

Y el bote de goma atado con una soga en un recodo de los túneles del arroyo, en las entrañas, por así decir, de Buenos Aires.

El primer paso, el de mayor riesgo, ya estaba dado.

En caso de ser interceptados, circulando en la Citroneta o en plena maniobra de descenso, lo peor era serlo mientras transportaban los explosivos. En una circunstancia así, no habrían podido fraguar la coartada de la cuadrilla municipal, la de las tareas de mantenimiento cloacal, nada de eso.

Ahora los explosivos ya estaban abajo.

Lo que seguía a continuación era la navegación subterránea, para ir transportando todo progresivamente hacia la zona del Aeroparque.

Tenían que hacerlo de día. De día bajar y de día subir.

Uno de ellos, puede que Martín, habló una vez del viejo topo.

Los demás festejaron la idea.

Venía al caso esa figura que Marx había tomado nada menos que de Shakespeare. Pero con ellos la figura ya no era una figura. Con ellos parecía haberse vuelto literal. Ellos eran el viejo topo de verdad.

Cavando bajo tierra, avanzando sin ser vistos, tramando túneles en secreto; a la espera del momento de aflorar y de irrumpir.

Las aguas del Maldonado eran turbias, malolientes. El arroyo, de por sí, debía ser bastante inmundo.

A eso había que agregar ahora la descarga infame de los detritos.

Los túneles estaban a oscuras prácticamente en todos

los tramos. Cada tanto, por alguna mirilla, entraba desde la superficie un remedo desvaído de luz. Duraba poco. En seguida volvían las sombras.

El avance era lento, porque era espesa la navegación.

A nadie se le ocurrió, sin embargo, la idea obvia del descenso a los infiernos. Era imposible. El infierno estaba arriba.

Había que proteger los explosivos de la humedad del propio arroyo. Para eso los dejaban envueltos en capas de material sintético.

Los cables que transportaban tampoco debían mojarse.

El bote resistía todo, pero ya estaba completamente impregnado del aire nauseabundo de los túneles.

Por encima, se sucedían los barrios.

Floresta, Villa Santa Rita, La Paternal.

Después vendría Villa Crespo. Después, Palermo. Después la zona de los bosques.

Después el Aeroparque.

Hubo un día en que todo peligró o pareció que peligraba.

Habían trabajado mucho y bien en el transporte de los materiales. Habían adelantado bastante, cargando y remando.

Se sentían satisfechos, pero extenuados.

Emergieron, como estaba previsto, por una boca de tormenta cercana a la avenida Córdoba.

La furgoneta, en este caso, no podía estacionarse exactamente ahí, habría resultado impropio. Quedaba a la espera a un costado, arrimada a la vereda.

Ellos tenían que empujar, desde abajo, la tapa negra y

pesada, hacerla a un lado, trepar y subir, salir a la calzada lo más prontamente posible (aunque sin precipitación: la precipitación se hace notar). Después devolver la tapa a su sitio, ajustarla en dos maniobras, alejarse del lugar con la normalidad más absoluta, subirse a la Citroneta, irse.

Era eso lo que tenían que hacer y era eso lo que hicieron.

Pero en el instante mismo de asomarse y aflorar se encontraron con un transeúnte que, en una de las veredas aledañas, se paró para observarlos. No es que andaba y los miró, eso era de todos los días. No es que andaba y los miró; se paró para observarlos.

Algo en ellos, o en la escena, le resultó, de repente, inadecuado.

Todos estos movimientos se integraban, por lo común, al conjunto informe de las cosas que acontecen en lo inmenso de la ciudad. Pasan cosas todo el tiempo, y en ninguna se repara. Una inercia de normalidad las absorbe y las disuelve. Se supone que cada cosa que pasa, pasa por algo; y que para algo se hace cada cosa que se hace.

Nadie se fija, nadie pregunta.

Y, sin embargo, esta vez, al subir y aparecer, se encontraron con este tipo. Que venía caminando por la vereda y se detuvo. Se detuvo porque los vio, se detuvo para mirarlos. Y puesto que se había detenido, se quedó así: mirándolos.

Es muy probable que no pensara en nada. Ninguna cosa concreta, ninguna sospecha concreta. Una especie de intuición, en todo caso. Un chirrido en la percepción que le insinuó que algo pasaba.

Por un segundo, al ser mirados, se quedaron quietos. Lo cual era redondamente un error. Quedarse quietos era lo mismo que darse por descubiertos. Duró un segundo y ese segundo pasó. Retomaron lo que hacían. Procedieron con naturalidad, con un aire rutinario. ¿Qué haría una cuadrilla que acabara de reparar un desperfecto en una cámara eléctrica o de destapar el barro de una toma de aire o de volcar líquidos desinfectantes al curso del arroyo entubado? Haría ni más ni menos que todo esto que ellos hacían.

El tipo, no obstante, se los quedó mirando.

¿Era simple curiosidad de aburrido o estaba maliciando algo? ¿Era un simple vecino más o era alguien que podía llegar a meterlos en problemas? ¿Se quedaría contemplando un rato, así sin más, testigo vano, o estaba dispuesto a dar aviso?

Las dudas rondaron la escena mientras ellos, como si tal cosa, terminaron de salir del túnel, se limpiaron y acomodaron la ropa, cubrieron con la tapa de hierro el orificio de la calle de la boca de tormenta y empezaron a caminar, con pasos pausados por cálculo, hacia la furgoneta indolente.

Hasta que el tipo pareció resolver, para sí, que no: que no pasaba nada.

Resolvió que no pasaba nada y se fue. Y al irse, en efecto, resolvió que no: que no pasaría nada.

Lo vieron alejarse por Córdoba. Al alejarse fue perdiendo importancia.

Ellos subieron lentamente a la Citroneta. La pusieron en marcha. Y se alejaron también.

Pero en sentido opuesto.

Ese trance puntual de zozobra, superado así sin más, produjo en cada uno de ellos un efecto de invulnerabilidad. Ganaron confianza. Se sintieron menos expuestos y no más. Llegarían sin dudas hasta el Aeroparque sin ser descubiertos. Llevarían a cabo la operación. Lograrían sacudir el tablero.

No fue aquel, sin embargo, el del entrometido, el peligro mayor que pasaron, sino otro, mucho peor, que casi acaba con todo (y con todos).

Estaban ya a la altura de Palermo. Y más concretamente, en la zona de Puente Pacífico.

En ese sector de la ciudad, al túnel de entubamiento del arroyo Maldonado hay que sumar otros, aledaños, que son los de la línea D del subterráneo, ramal que terminaba (o empezaba) su recorrido precisamente ahí.

Los sonidos eran otros.

Tal vez el subte, o tal vez el ferrocarril, que pasa por arriba cruzando un puente de hierro, agregaban vibraciones que hasta entonces ignoraban. Se sentían por todo esto menos aislados que en otros tramos: más conectados con el mundo exterior y con la implícita vida normal de la ciudad.

Y tenían, además, muy presente que, cruzando la avenida Santa Fe, en diagonal a las bocas del subte y en paralelo a las vías del tren San Martín, estaba el cuartel del Regimiento de Patricios. Lo tenían, por así decir, justo encima: sus tropas, sus barracas, su arsenal.

Ahí estaban, en plena labor, transportando con firmeza el pesado cargamento, cuando arriba, en el exterior, en la ciudad, empezó a llover de repente.

Una lluvia inesperada, imprevista, sin anuncios, incompatible con el cielo discretamente nublado que habían tenido a la vista hasta hacía apenas un rato.

Oyeron o creyeron oír. El agua afuera arreciaba.

La lluvia, por ser sorpresiva, parecía tener que ser también furiosa. Caer de un momento para otro y caer por entero de una vez.

Las calles se anegan cuando eso pasa. Los desagotes no dan abasto. El agua cubre, en un principio, las calzadas y va subiendo, así sin pausa, hasta los cordones, hacia las veredas.

En Buenos Aires, nadie lo ignora, hay barrios que siempre se inundan.

Y se inundan (la Boca, Barracas, la avenida Juan B. Justo y cercanías) no solamente por el agua que les cae desde arriba, sino también, y sobre todo, por el agua que desborda desde abajo.

En efecto: el arroyo empezó a crecer.

De manera paulatina pero incesante. Y sobre todo: con inusitada rapidez.

El caudal de agua iba en aumento, como si en alguna parte hubiese alguien abriendo sucesivas compuertas, descargando todo un mar por ese tubo precario que, de pronto, lucía estrecho.

El Maldonado subía sin parar. Pero cada tanto parecía recibir, más que un incremento continuo, aluviones de agua en tandas de vértigo: agua a golpes o a empujones, agua a presión, desesperada.

El curso mismo del arroyo fue virando hacia el torrente.

Afirmaron el bote con sogas, para no dejarse llevar.

Pero no era la fuerza del agua lo que más peligro traía, sino el modo en que, al crecer, iba subiendo.

El bote mismo, y en el bote ellos, empezaba a estar cada vez más cerca del techo. Muy pronto ya no habría lugar. El arroyo lo ocuparía todo.

Antes que nada, había que poner la carga a salvo.

Envolvieron los explosivos, hasta impermeabilizarlos, y los embutieron en un hueco generoso que formaban, en un ángulo irregular, un parante y una viga.

Ahora tenían que ocuparse de salir ellos.

No parecía fácil.

Tenían que ir a contracorriente, porque conocían las salidas con que contaban hacia arriba. Hacia abajo, no.

Venían los bosques. Tal vez no las hubiera.

El agua corría con fuerza. Pero, además, subía. Ya casi no tenían espacio. El bote empezaba a apretarse entre el arroyo Maldonado y el techo. El aire empezaba a faltar.

Con los remos no bastaba. Se valieron de las sogas. Uno de ellos se metía en el agua, nadaba soga en mano, alcanzaba un punto firme, ataba la soga de ahí. Después había que tirar de la soga y así avanzar: remontando.

Era algo parecido a escalar. Pero horizontalmente. Aplicaron ese método varias veces. Funcionaba.

Pero el agua no paraba de subir, porque arriba no paraba de llover.

Tuvieron que agacharse en el bote. Las cabezas ya casi tocaban el techo. Con las vigas podían golpearse.

La soga, mal atada, se zafó en un momento dado, y perdieron varios metros de los que habían conseguido adelantar.

Pero a la vez advirtieron que el techo y las vigas tan cerca, que era lo que los amenazaba, también podían servirles de ayuda.

Para remar ya no había casi espacio.

El movimiento era el inverso al de un derrumbe, pero el efecto era el mismo: el aplastamiento.

Solo que el techo y las vigas, al estar tan cerca, también servían para afirmarse y para darse empuje.

Los remos, a un lado. La soga adelante, y tirar.

Y a la vez, en el bote, boca arriba, apretar las palmas contra el techo, clavar los dedos en las vigas y al unísono darse impulso en sentido inverso al del arroyo Maldonado.

En el bote ya había agua y ellos se guarecían, aplastados, en ese delgado resquicio que quedaba entre el agua y el cemento.

Hasta que llegaron por fin, resoplando, a una alcantarilla generosa.

No estaba muy arriba: estaba ahí nomás.

La empujaron y la arrancaron. Iban a poder salir.

Primero había que asegurar el bote. No podían perder el bote, que el agua se lo llevara en arrastre.

Lo ataron, lo sujetaron, lo afirmaron, lo reforzaron. Y salieron.

El diluvio había vaciado, entretanto, las calles. Estaban de nuevo en la avenida Córdoba.

La lluvia, aunque espesa, les parecía, por contraste, inofensiva. Agua pareja, pero desgranada. Se metía por la boca, eso era cierto. Pero no alcanzaba para asfixiar.

Se sintieron felices, de tanto alivio. Salvados y, por lo tanto, plenos.

De hecho, unos minutos después, ya en la Citroneta, iban todos a pura risa. Se reían sin decir nada, y no podían parar.

Faltaba poco. Ahora realmente faltaba poco.

Una o dos bajadas más serían suficientes.

Una o dos bajadas más y ya estarían en el Aeroparque.

Es decir, a la altura del Aeroparque. Y, en sentido estricto, debajo del Aeroparque.

El Turco sabía.

La pista del Aeroparque tenía un metro de espesor de hormigón extraduro.

Para volarla se precisaban entre nueve y doce kilos de trotyl.

Pondrían eso y pondrían más.

Porque no se trataba nada más que de hacer volar la pista.

Lo que querían era que la explosión alcanzara hasta el avión en el punto de despegue.

La Tía sabía también.

Estaban todos muy decididos.

No era igual que alcanzar la costa, aunque uno hizo el chiste y exclamó: «¡Tierra!».

No era igual que escrutar el cielo y sus aves, que avizorar líneas oscuras en el horizonte, que deducir sentidos posibles en corrientes o en mareas.

No era igual que entrar a puerto, no era igual que amarrar en la orilla. No había que echar un ancla. No había que bajar a tierra.

Pero sí: habían llegado.

El bote había resistido. Los explosivos lucían intactos.

Habían llegado. ¿Adónde? A destino.

Al final de la navegación.

Al Aeroparque Jorge Newbery.

Terminaba toda esa etapa: la de navegar en secreto y en lo oscuro.

Ahora pasaban a la siguiente fase, a la del atentado propiamente dicho.

Eran los primeros días de noviembre de 1976.

No pudiendo colocar una única carga, pusieron dos.

Un fardo central de treinta kilos de trotyl y treinta y cinco kilos de gelamón debajo de la parte media de la pista.

Y un segundo paquete en el borde: quince kilos de trotyl y cincuenta kilos de gelamón.

Las dos cargas conectadas en paralelo a una línea principal de conducción eléctrica, cada una con tres detonantes y varios reforzadores.

Atadas con cuerdas rotundas en los techos del Maldonado. A buena distancia del agua y protegidas de la acción de la humedad con envoltorios aislantes.

No convenía utilizar detonantes telecomandados.

Esa área, no menos que la de cualquier aeropuerto, estaba saturada de interferencias radiales y eléctricas.

No podían correr el riesgo de una activación accidental.

Emplearon como detonante una extensa línea de cables resistentes a la humedad, conectada a una fuente de energía de alto voltaje puesta a distancia.

Instalaron todo. Lo dejaron listo. Ahora venía lo más difícil.

¿Lo más difícil?

Lo más difícil, sí. Ahora tenían que esperar.

Ya habían sido osados.

Ya habían sido audaces.

Ya habían sido subrepticios.

Ya habían sido intrépidos, rigurosos, perseverantes.

Ahora tenían que ser pacientes.

Las cargas explosivas estaban instaladas ya justo debajo de la pista del Aeroparque.

Ahora tenían que esperar a que se anunciara algún viaje al interior del país por parte de Jorge Videla. Algún vuelo de cabotaje, uno de esos que despegan siempre del Aeroparque Jorge Newbery.

Los días en el país transcurrían tan oscuros y criminales, tan feroces y tenebrosos, tan de miedo y de masacre, que ellos no hicieron otra cosa que ratificar su convicción, aquella misma de la reunión de julio, de que era urgente dar un golpe al régimen: sacudir de una vez el tablero, el curso de la historia.

El anuncio oficial se produjo por fin.

El día viernes 18 de febrero de 1977, el presidente de la Nación, teniente general don Jorge Rafael Videla, partiría en horas de la mañana con destino a la ciudad de Bahía Blanca, provincia de Buenos Aires, donde sería agasajado por las autoridades locales y participaría de diversas reuniones sobre asuntos de interés regional y nacional.

Llega el día. Llega.

Es 18 de febrero ya. Es viernes. Son las siete de la mañana.

Del departamento de la calle Austria salen los tres: Pepe, David y Martín (así es como ahora se llaman). Se suben a la Citroneta. Arrancan y salen. Van en dirección a los bosques de Palermo.

Van los tres. Componen el comando Benito Urteaga del Ejército Revolucionario del Pueblo, brazo armado del Partido Revolucionario de los Trabajadores. Ellos tres tienen a su cargo esta operación: la Operación Gaviota.

La acción en su conjunto involucra empero a unos diez hombres en total. La Tía va con un segundo, por si algo pasa y es preciso suplirlo en el instante de la acción decisiva. Hay otros guerrilleros en la zona, para cumplir tareas de contención. Y algunos choferes dispuestos en ciertos puntos estratégicos, de manera de garantizarles la huida una vez efectuada la acción, cuando las fuerzas de la represión reaccionen como hormigas en medio de un hormiguero pateado: frenéticas, ciegas, desesperadas, perdidas.

David se baja en el Velódromo, ya en los bosques de Palermo.

La avenida, en esa parte, hace un zigzag: una curva y contracurva. Y pasa por debajo de dos puentes, dos puentes de ferrocarril. Es fácil ocultarse ahí, quedarse atento y en sigilo.

No hay veredas en ese tramo, ni sitios para estacionar.

La Tía, el teniente Martín, se ubica también en los bosques de Palermo; pero en otro sector: más cerca del Planetario.

En las tardes de cualquier fin de semana, y sobre todo ahora, que es verano, el lugar se repleta de chicos: vienen a tirarles comida a los patos que deambulan en el lago artificial, vienen al Planetario a enterarse de qué se trata el universo: cómo empezó, en qué consiste.

A esta hora tan temprana de una mañana de viernes, esa zona está desierta.

La Tía toma posición.

Es él quien va a pulsar el botón.

Pepe sigue hasta el Aeroparque.

Deja la furgoneta en un punto ya acordado, a distancia más que prudente. Continúa a pie. Ya sabe que para los vehículos está vedado el acceso.

Se supone que viene a buscar a un familiar que llega en vuelo desde algún punto del país.

Los avisos generales de que todos los vuelos regulares de esa mañana van a sufrir alguna demora no tienen por qué preocuparlo, y de hecho no lo preocupan. Puede esperar.

Los que tienen que viajar aguardan en los sectores de acceso.

Los que vienen a buscar a alguien que llega pueden esperar en la confitería del primer piso del Aeroparque Jorge Newbery. A la terraza no pueden salir, está prohibido. Las puertas están cerradas con llave.

Pero sí pueden asomarse, por esas puertas o por las ventanas, y mirar hacia afuera. Mirar hacia afuera y ver: el cielo abierto, el curso parejo de la mañana, la pista del Aeroparque, las cosas que pasan.

Ocho y diez de la mañana. Están todos en sus puestos.

Se comunican con transmisores a distancia, también llamados walkie-talkies.

Utilizan una frecuencia inusual, para asegurarse de no ser interceptados.

Pepe, en particular, que es de todos el más expuesto, lo emplea con discreción absoluta: que no se note que aprieta una tecla; que parezca, como con los rabiosos, que masculla cosas para sí mismo.

A las ocho y cuarto de la mañana, exactamente, se conecta la fuente eléctrica al circuito de disparo.

Se accionará desde los bosques de Palermo, en los alrededores del Planetario.

Volará la pista del Aeroparque Jorge Newbery.

A las ocho y media de la mañana, un Fokker F-28, el Tango 02, comienza a moverse.

En el avión, entre otros, va Videla.

Desde el Aeroparque, sale el aviso. Primera señal: avión en marcha.

El aviso es recibido, en los bosques de Palermo, por el responsable de accionar la detonación.

Ocho y treinta y cinco. Segundo aviso enviado desde el Aeroparque. El avión enfila hacia la cabecera norte. Despegará de norte a sur.

Perfecto. Es lo esperado.

Se quita el seguro eléctrico de la fuente de energía. Ocho y treinta y seis. El Tango 02, el Fokker donde va Videla, está ya ubicado en la cabecera norte de la pista.

Va a comenzar el carreteo.

Pepe observa todo en el Aeroparque. Es el que va dando los avisos.

El teniente Martín los recibe y está listo para accionar el detonador.

David espera en una posición de apoyo.

Ya son las ocho y cuarenta.

El avión se ubica en la cabecera de la pista. Se detiene.

Permanece unos segundos ahí: quieto, apuntando.

Da la impresión de estar evaluando algo, sopesando algo: la pista, el cielo, el viaje mismo.

Como si tuviese que darse un momento para tomar una decisión.

Esa es la impresión que da.

En cambio ellos, la unidad especial Benito Urteaga, están perfectamente decididos. Pepe con el comunicador en la mano, pegado a la boca. Martín en los bosques, oído atento, el dedo sobre el pulsador. La carga debajo de la pista. Todo en ellos es pura decisión.

El avión, como si despertara, empieza a moverse.

Son las ocho y cuarenta todavía. El tiempo se había suspendido.

Pepe da el aviso: ahora. El avión ya carretea.

Martín en los bosques: aprieta el botón. El disparador acciona la batería. Detona la carga. Se produce la explosión.

Desde abajo, desde adentro, vuela la pista.

Vuela en pedazos. Hay fuego y rugido. Hay onda expansiva. Alcanza al avión.

Detonó la carga lateral. La que estaba colocada a ocho metros de la pista. Explotó con furia y lanzó hacia arriba su zarpazo, su agresión.

Pero el otro artefacto explosivo, el que estaba ubicado a la altura de la parte media de la pista, no detonó.

Algo falló, no se sabe qué, y no detonó.

La segunda carga no explotó, y no se sabe por qué.

No se sabe por qué, y nunca se sabrá.

Pero una carga sí que explota. Funciona y explota. Arranca la pista de cuajo, y arroja un cimbronazo de esquirlas contra el avión de Videla.

La detonación se produce a ocho metros de la pista.

Y toma al avión ya en despegue, a quince metros de altura.

Porque al parecer el avión ha despegado algo antes de lo que se acostumbra.

Tomó vuelo un poco antes, un poco más atrás.

Probablemente porque sí, porque un despegue nunca es igual a otro, porque hay cosas que son puramente casuales, porque el azar juega siempre su parte también.

Una carga no explotó y el avión levantó vuelo algo antes.

La carga que sí explota lo alcanza en el aire, a quince metros de altura.

Recibe la onda expansiva más lejos de lo previsto.

La explosión, no obstante, lo alcanza.

Las esquirlas despedidas lo impactan en un tercio del fuselaje.

La nave trastabilla, pero sigue. Tiembla, se sacude, acusa el golpe.

Pero no se precipita a tierra, ni estalla, ni se incendia.

Tiembla, se sacude, acusa el golpe.

Pero remonta vuelo, pese a todo.

Ave espantada por el ruido, por el daño. Lanza un chillido de motores y se escapa, como puede, hacia el cielo. Herida y apurada. Huye a lo alto. Se convierte de avión en línea negra, un raspón oscuro en el cielo. Se convierte de avión en un punto, un punto cada vez más difícil de divisar. Se convierte de punto en nada.

Se lleva consigo al tirano, ileso.

Se lo lleva a salvo, para ponerlo a salvo.

El Tango 02 que transportaba, entre otros funcionarios del más alto nivel, al presidente de la Nación, teniente general don Jorge Rafael Videla, con destino a la ciudad de Bahía Blanca, debió aterrizar de emergencia, por razones preventivas, en el aeropuerto de Morón, al oeste de la ciudad de Buenos Aires.

En el Aeroparque Jorge Newbery, una urgencia sin objeto se adueña al instante de todo.

Gritos, muchos gritos. Y corridas por todas partes.

Gritos. Están los que gritan por susto y están los que gritan órdenes. Están los que dan aviso a los gritos: «¡Un ataque terrorista!». Y están los que gritan su incredulidad: «¿Un ataque terrorista?». Gritos, gritos, muchos gritos, que se enciman y no se entienden.

Y corridas por todas partes. Están los que corren para dar auxilio (pero ¿auxilio a quién?): policías, personal médico, agentes de civil. Piden paso, se abren paso, corren, corren. Otros corren por instinto: para irse, para escapar. Se chocan unos con otros. No falta el que se cae al suelo, las cosas se le desparraman.

—¿Mataron a Videla?

—No. No lo mataron.

Se oyen sirenas. Aullidos largos, desesperados, tanto afuera como adentro. Afuera: patrulleros que se lanzan a toda velocidad, a barrer la zona, a despejarla. Adentro: un camión de los bomberos avanza raudo por la pista, acude a sofocar el modesto fuego que apenas brilla. A riesgo de que haya otra bomba. Porque eso es lo que se dice un poco por todas partes. «Pusieron una bomba». Y está el miedo de que haya otra. Nadie sabe bien qué hacer. Ni qué decir. «Pusieron una bomba». «Parece que pusieron una bomba».

—¿Mataron a Videla?

—No. No lo mataron.

En el desorden general, en la mezcla enloquecida de corridas y de gritos, una sola cosa se va definiendo con cierta nitidez: que hay que evacuar el aeropuerto. En eso parecen ir confluyendo las fuerzas de seguridad, en su afán de restablecer el orden y controlar la situación, y los que quieren solamente alejarse del lugar lo antes posible.

Por eso es fácil, para Pepe, escurrirse y salir de ahí.

En la calle, los patrulleros y las motos policiales se cruzan entre estridencias; los soldados con armas largas saltan desde las camionetas; los policías van y vienen, muy nerviosos, las armas desenfundadas. Unos cuantos, de civil, se muestran amenazantes. «¡Afuera, afuera!», imprecan a los desconcertados que, estando ya afuera, no entienden qué es lo que tienen que hacer.

La estampida hacia la calle se extiende como un reguero de terrores, de aprensiones. Cada cual tiene un criterio de hasta dónde hay que correr: dónde empieza la prudente distancia, la que ayuda a sentirse a salvo. Ahí se puede parar de correr y seguir a paso vivo. O incluso detenerse a recobrar un poco el aire, la calma.

Los que huyen despavoridos, porque estaban en el Aeroparque, empiezan a cruzarse con los que no estaban en el lugar, los que estaban en su vida de siempre. Personal de limpieza de los carritos de la costanera, empleados administrativos en camino a la Ciudad Universitaria, algún grupo de colectiveros que hacen tiempo en la cabecera, un pescador que hoy madrugó. «¿Qué pasó?» «¿Qué pasó?» «Pusieron una bomba».

Pepe va con paso pronto, pero en ningún momento corre.

—¿Mataron a Videla?

—No. Parece que no.

Llega hasta la Citroneta. Sencilla, magra, tan igual a sí misma, tan sobria, que le infunde un completo equilibrio, lo ayuda a subir y a manejar y a abandonar la zona sin despertar sospechas en nadie.

Los otros consiguen retirarse también, sin ningún inconveniente.

Los autos de apoyo acuden, según lo planeado, a los lugares preestablecidos.

Solo queda subirse y salir. Y, a poco de dejar atrás los bosques de Palermo (el Velódromo, el Planetario, las arboledas, los lagos de mentira), mezclarse entre la gente, perderse en el movimiento común.

Los medios informativos llevan tranquilidad a la población.

Hacen saber que, en efecto, hubo un ataque del

terrorismo marxista en el Aeroparque Jorge Newbery: un atentado con explosivos contra la vida del presidente de la Nación.

Pero que el atentado subversivo fracasó y el presidente de la Nación se encuentra en perfectas condiciones físicas y morales. A la espera de la llegada de una nueva aeronave, que le permita retomar sus actividades tal y como estaban previstas para la jornada.

Solo Pepe regresa, con la furgoneta, al departamento de la calle Austria.

En un rato llegará Érica del trabajo.

Hablarán de lo que pasó y seguirán, hasta nueva orden, con su aparentación de vida en pareja.

Con la Tía y con David no tomarán contacto por unos días.

Cada uno de los dos fue llevado a una casa distinta, ninguna de las cuales era la suya.

Las radios repiten una y otra vez la información.

Los diarios de la tarde ya ofrecerán imágenes fotográficas: visión difusa, en blanco y negro, de la pista rota, con escombros; pedazos de césped y de la pista desperdigados sobre la propia pista y un agujero que es testimonio de que ahí hubo una explosión.

El 18 de febrero, el Ejército Revolucionario del Pueblo publica su «Parte de guerra».

Reivindica el atentado y destaca que, a pesar de no haberse logrado el objetivo, puso en evidencia que el régimen no es invulnerable: que es preciso luchar contra la tiranía y que es posible derrotarla.

En el mes de abril de ese año, días después de la Operación Gaviota, Pepe consigue salir del país. Se va al exilio. En el mismo mes de abril, por la misma vía, el Turco sale del país también, y se va al exilio.

El nombre verdadero del teniente Martín es Eduardo Miguel Streger.

Le decían también la Tía, pero se llamaba Eduardo Miguel Streger.

Fue secuestrado el 12 de mayo de 1977.

Hay testimonios de sobrevivientes que indican que fue llevado al centro clandestino de detención denominado La Perla, en la provincia de Córdoba.

Luego no se supo más de él.

Ese día, ese viernes 18 de febrero, los vuelos de cabotaje previstos para operar en el Aeroparque Jorge Newbery pasaron a hacerlo en el Aeropuerto Internacional de Ezeiza, en las afueras de la ciudad.

El general Videla cumplió entretanto con su visita a la plataforma General Mosconi, al sur de Bahía Blanca, donde fue informado de las perforaciones de extracción petrolífera practicadas en el mar Argentino. Allí ratificó la decisión del gobierno nacional de intensificar la exploración de los recursos naturales del país, y declaró a la prensa: «Se acelerará la explotación energética».

Retornó a la Capital Federal ese mismo día, sin que se registraran novedades de importancia.

PLAZA MAYOR

—No quiero —dice mi abuela.

Acabo de cantarle envido. Pellizca la punta de los naipes, vuelve a pispearlos (acababa de hacerlo), menea la cabeza, se niega. Entonces yo, tras una pausa, tiro un tres de espadas. Ella lo mira (mira el tres, mira las espadas) y tira un cinco de bastos. Lo aprieta contra la mesa y lo empuja, de tal forma que quede debajo de mi carta.

Yo entonces tiro un diez: un diez de oros. Y ella le pone encima un doce: un doce de bastos. Me mira sin expresión.

—Truco —me dice.

Yo miro mi carta, aunque ya sé cuál es. Es el siete de oros.

—Quiero —le digo.

Tira el siete de espadas. Me gana. Comprende que me gana. Sonríe.

—¿Quién anota? —le pregunto. Se encoge de hombros.

—Anotá vos —me dice.

Agarro una birome azul de la mochila, arranco una hoja de un cuaderno. La divido en dos; de un lado, la *i griega* (yo), del otro, una *a* (abuela). Dos rayas para mi abuela, una para mí.

Me toca mezclar.

Mientras mezclo, ella conversa. Saca temas de la nada. Habla de pasados distantes, pero como si los tuviésemos cerca.

A mí no me gustaban esos amigos de tu papá, dice. Los del colegio secundario sí, esos eran buenos chicos. Pero los de la facultad no. No me gustaban, dice. No me gustaban.

Reparto las cartas. Mi abuela las recibe, las acomoda, las entreabre con lentitud, más para espiarlas que para mirarlas. Tira un diez de oros.

—Envido —le digo.

—No quiero —me dice.

Mato el diez con un once de bastos. Hago una pausa. No digo nada. Juego un as de oros.

—Cartas de mierda —dice mi abuela.

Se va al mazo. Me anoto dos rayas. Se ha formado una especie de arco de fútbol en mi columna. Empujo los naipes hacia mi abuela. Mezcla ella.

Y eso que entró a derecho, dice. Yo tenía mis prevenciones: filosofía, psicología, sociología. Eligió abogacía y a mí me pareció bien. A tu abuelo, que yo recuerde, también. Pero tu abuelo no era de ideas tan definidas. Yo siempre fui de más carácter.

Me encanta cómo mezcla. Yo lo hago con más torpeza, trabando y entreverando un poco a la fuerza las dos mitades del mazo. Ella, en cambio, es como si hiciese volar los naipes, como si los hiciera flotar entre sus manos. Lo hace como lo hacen los magos. Y no precisa estar mirándolos mientras tanto (yo sí).

Reparte con una velocidad increíble. Las cartas viajan por la mesa sin ser vistas. Las veo recién cuando me llegan a la mano. Las recibo, las reviso.

—Envido —digo.

—Quiero —dice.

—Veintisiete —digo.

—Veintiocho —dice. Sonríe.

—Son mejores —agrega.

Juego un dos de oros. Juega un dos de copas.

Emparda.

Tiro callado otro dos. El de espadas.

—Truco —me dice.

La miro. Tengo la impresión de que miente. Mi carta

es baja, pero tengo la impresión de que miente.

—Quiero –le digo.

Tira el ancho de bastos. No mentía.

Son cuatro puntos para ella. Se los anoto. Se arma el cuadrado con la diagonal, y una raya más. Ahora mezclo yo.

Mi abuela retoma. Yo daba por descontado, dice, que ahí en derecho iba a haber mejor elemento. Y no es que no tuviera razón. Pero tu papá se las compuso para juntarse con lo peorcito.

Le pregunto, mientras corta, mientras reparto, a qué se refiere con lo peorcito.

Ella hace un gesto pronto, de no escuchar o de no entender.

¿Tipo hippies?, especifico. ¿Sexo, drogas? ¿Contracultura?

Mi abuela frunce la boca, a manera de desprecio. Qué hippies ni hippies, dice. ¿Sexo, drogas? Al contrario. ¿Contracultura, dijiste? Ni sé qué es. Ojalá hubiesen sido hippies, comenta; los hippies no joden a nadie.

Recibe los naipes, los orejea. Sonríe.

—¡Flor! —anuncia.

—No dijimos si jugábamos con flor.

—¿No dijimos? Bueno, ahora decimos: ¡flor!

Dice y juega el siete fuerte. Yo voy bajo: cinco de copas. Ella juega un cuatro de espadas. Lo mato con el diez de oros. Espero.

—Truco –le digo.

—Quiero –me dice.

Yo juego el siete de oros. ¿Y ella? No se inmuta.

—Quiero retruco –dice.

¿Tendrá el ancho de espadas? Con cualquier otra carta que tenga, perdería y me estaría apurando. Pero ¿tendrá el ancho de espadas?

—Quiero –digo.

Lo juega. Es el ancho de espadas.

Son seis puntos para ella.

—¿Cuánto vamos? —pregunta.

—Doce a tres —contesto.

—¿Quién va ganando? —pregunta. La miro.

—Vos.

Asiente y mezcla. Habla.

Los hippies, ¿qué? Pelo largo, collares largos, mucha túnica, poca higiene. Vivían uno encima del otro y eso era todo. Esto no, esto era distinto. En psicología, vaya y pase. En filosofía, no había otra cosa. Pero ¿en abogacía? ¿En abogacía? Tu padre los detectó. Y se hizo amigo de ellos. Había uno, Marcelo, que a mí no me gustaba nada. Ninguno me gustaba nada. Pero Marcelo menos que menos.

Miro mi juego. Miro a mi abuela.

—Envido —le digo.

—Quiero.

—Veintiocho.

Tuerce la cara.

—Son buenas.

Tiro el dos de oros. Tira un siete de bastos.

—Tirá el seis de oros —me dice.

Lo hago. Tiro el seis de oros. Lo mata con un once de bastos. Se detiene a pensar un momento. Juega callada. Un as de copas.

Yo tengo un doce. El de espadas. Pierdo.

—Truco —digo.

—No quiero —dice.

Llevo mi carta hasta el mazo. Me anoto tres puntos. Me pongo a mezclar.

Yo le dije a tu abuelo, dice: ese chico Marcelo, le dije. No me gusta nada. No me gusta que Angelito se junte tanto con él. Lo va a meter en cosas raras. Pero tu abuelo, que era un hombre muy bueno, era flojo de carácter. La vida le pasaba de largo. Dejalo, me decía. Ángel no es ninguna criatura. Sabe lo que hace. ¿Sabe lo que hace?, le decía yo. No, no sabe lo que hace.

Reparto. Mi abuela revisa sus cartas. Tira un tres de oros.

—Flor —le digo.

—¿Flor? —me dice—. ¿Jugamos con flor?

Le mato el tres de oros con el ancho de bastos. Juego el doce de bastos. Lo mata con el as de copas.

—Truco —me dice.

—Quiero —le digo. Tira el tres de espadas.

—Quiero retruco —le digo.

—Quiero —me dice. Tiro el tres de bastos.

—La primera es mía —le digo.

—Sí, ya sé —me dice—. ¿Te creés que no estoy viendo?

Me anoto los seis puntos. Estamos iguales. Ella mezcla los naipes a mayor velocidad que antes, pero con la misma perfección. Las cartas llueven sobre sí mismas, se tocan y se juntan sin chocarse.

Tu papá ya vivía con tu mamá. Ella siempre una delicia de chica. Pero eso sí: reservadísima. Hasta el día de hoy, dice mi abuela: reservadísima. Yo sabía que ya estaban viviendo juntos los dos. Casados como Dios manda no; pero sí viviendo juntos. Yo trataba de sonsacarle: ¿lo sigue viendo a ese Marcelo? ¿Quién es, qué hace, en qué anda? Y esos otros amigotes, los amigotes que le presentó ese Marcelo, ¿quiénes son?

¿En qué andan? Esas reuniones que hacen, ¿de qué son? Porque yo sabía que hacían reuniones.

Mi abuela reparte las cartas. Las tres mías, las tres suyas. Cada cual mira su juego, tratando de no trasuntar.

—Envido —le digo.

—Quiero —me dice.

—Veintisiete —le digo. Menea la cabeza.

—Son buenas.

Juego el tres de espadas. Juega el once de copas.

—Truco —le digo.

—No quiero —me dice.

Le muestro los veintisiete del envido, agrego tres rayas a mi columna, recibo el mazo, me pongo a mezclar.

—Yo ya entro en las buenas —le digo.

—¿Ah, sí? —me dice.

Y me dice que a mi mamá nunca pudo sacarle palabra. Reservadísima, dice. Lo mismo que ahora. Marcelo es un muchacho estudioso, contestaba. Y no la movías de ahí. ¿Y los otros? Los otros, buena gente también. Son todos amigos de Ángel. Yo sabía que hacían reuniones. Pero todos los amigos se juntan, abuela; alego yo. A escuchar música, a tomar cerveza, a divertirse. Eso ya lo sé, dice mi abuela, ¿o te creés que lo inventaron ustedes? No es eso lo que yo digo. Lo que yo digo es reuniones.

Corta. Reparto. Recibe. Mira. Juega.

—Envido —me dice.

—No quiero —le digo.

Juega el as de oros. Lo mato con el dos de copas.

—Truco —le digo.

—No quiero —dice. Recoge los naipes.

—Qué mano de mierda —dice.

Yo asiento.

Tu papá se había mudado a un departamento más bien modesto. Modesto, sí, pero con teléfono. Y en esa época no era tan fácil acceder al teléfono, no te creas. Si no tenías, había que pedirlo y podías estar esperándolo años enteros. A tu papá ahí en Jonte, en el edificio de Jonte, sobrar no le sobraba nada. Tu mamá gracias a Dios nunca fue de pretensiones. El baño era de lo más sencillo, el living era una cosita así: desde acá hasta esa silla de ruedas, ponele; no más que eso. Pero vivir, vivían. Y además tenían teléfono. ¡Sos un magnate!, le decía yo. Porque en esa época no cualquiera tenía teléfono en la casa. Y él sí. Y sin embargo, cada dos por tres, caía de visita en casa y hablaba por teléfono en casa. A veces más de una vez por día. Venía y mangueaba el teléfono. Y no lo digo por amarreta, ¡ojo! No pienses eso de tu abuela. ¡Si en ese tiempo el teléfono no era medido! Lo medido vino después, con las empresas. En ese tiempo no: hablabas lo que querías y pagabas siempre lo mismo. Lo que sí es que a mí me daba mala espina.

¿Por qué razón es que tu papá venía a hablar por teléfono a casa? Porque a veces daba esa impresión: que venía a hablar por teléfono. Nos daba un beso a cada uno, nos charlaba un poco a mí y otro poco a tu abuelo, y se iba en seguida al teléfono. Y yo pensaba: vino a eso. La verdad es que vino a eso. Y entonces me preguntaba: ¿por qué viene a hablar acá? ¿Por qué no habla desde su casa?

Mi abuela de a ratos mezcla. De a ratos parece distraerse, y se olvida de mezclar.

Una noche agarré a tu abuelo, lo agarré a tu abuelo y le dije: Anselmo, acá hay gato encerrado.

¡Pero tu abuelo era tan ingenuo! Un buen hombre, no lo niego, ¡pero tan ingenuo! Angelito anda en cosas raras, le dije. ¿Por qué viene a hablar acá?, le dije. Debe andar en cosas raras, le dije. A tu abuelo le dio por la risa. Atendeme: ¡por la risa! Se empezó a reír y contestó: debe tener algún filito... y no quiere que Susana se entere. ¿Filito?, le dije yo. Ningún filito: para eso es un marmota. ¿No leés los diarios, vos? ¿No sabés las cosas que pasan? Saber, sabía, dice mi abuela. Pero no pensaba. Ponen bombas, secuestran gente, asaltan cuarteles, ¡se matan a tiros!, le dije. Le dije así, dice mi abuela. Y el pobre Anselmo, ingenuo siempre, me contestó: vos ves demasiadas películas.

Mi abuela me da a cortar. Corto. Reparte los naipes.

Sentime, me dice: una tontería. Me contestó una tontería. ¿Películas? ¿Qué películas miraba yo? Las novelas de la tarde y gracias. Abrí los ojos, Anselmo, le dije. Abrí los ojos. Acá hay gato encerrado.

—Envido —le digo.

—No quiero —me dice.

Tiro un doce, el doce de espadas. Tira un dos, el dos de oros. Y otro dos a continuación: el de copas.

Sin mirarla, me voy al mazo.

—Otra mano de mierda —dice ella.

—Así parece —le digo yo.

Un punto para ella, un punto para mí. Una raya en la columna de la *i griega* y una raya en la columna de la *a*.

—Seguís en las malas —le digo.

—¿Ah, sí? —me dice—. ¿Y a mí qué me importa?

Empuja los naipes hacia mi lado de la mesa, para que mezcle. Mezclo.

Mezclo mal, peor que siempre. Un par de cartas se caen.

—Tené cuidado —me dice—, no las vayas a doblar.

Yo sabía, por los diarios, que existía la intervención de teléfonos. Por los diarios lo sabía, y no por las películas, como me había dicho tu abuelo. Buen hombre tu abuelo, pero muy ingenuo. La vida le pasaba de largo. Yo sabía, y por los diarios, que existía la intervención de teléfonos. Se podían meter en tu línea y escuchar las cosas que hablabas. Y si lo sabía yo, que no estaba muy al tanto, figurate que lo sabían esos amigos de tu papá. Para mí era evidente que andaban metidos en cosas raras (tu abuelo decía que no). Y yo, claro, tenía miedo de que fueran a arrastrarlo también a él. Con Roberto estaba tranquila. Cristina ni se me ocurrió. Pero tu papá resultó un poco como tu abuelo: tan buenito, tan dispuesto. Yo tenía esa preocupación. Y entonces le decía a tu abuelo: Anselmo, decime una cosa, ¿por qué viene a llamar acá a casa? Y él, ingenuo siempre, me contestaba: ¿y a vos qué te molesta? Yo sabía que preferían llamar desde teléfonos públicos. Y si no, de alguna casa que no fuera a estar «marcada» (mi abuela hace con los dedos el gesto de las comillas). Pero los teléfonos públicos, en aquel tiempo, figurate: funcionaban casi siempre mal. Y no era fácil conseguir cospeles, si no tenías (porque funcionaban con cospeles, no con monedas comunes). Pero más que eso, supongo yo, te ponían siempre en riesgo de que alguno te escuchara. Porque hablabas en la vereda, o en los bares, o en las farmacias. Y los otros que venían a hablar formaban fila detrás del que ya estaba, imaginate, oían todo. Yo pensaba que era por eso que tu padre venía a llamar a casa. Porque hablaba en voz bajita. Y tapaba con una mano la parte de abajo del tubo. ¿Qué creía, que yo era sorda? ¿O que era ingenua, como tu abuelo? Pobre Anselmo, pobrecito. La vida le pasaba de largo.

Yo escucho y sigo mezclando.

—Escuchame —me dice mi abuela—, ¡las vas a gastar!

Le doy a cortar. Corta. Reparto. Cuando mi abuela reparte, lo hace tirando cada naipe como un sobre que se tira por debajo de una puerta, como una estocada, un navajazo. Yo soy más suave, soy más de alcanzárselos al otro. Ella espera hasta haber recibido los tres para agarrarlos y sondear qué suerte le tocó en cada mano.

Tira un dos de bastos.

—Flor —le digo.

—¿Qué? —dice ella.

—¡Flor! —le digo.

—Ah —me dice—, vos tenés más culo que cabeza—. Afortunado en el juego... —agrega.

Se ríe consigo misma.

—Yo no sé por qué jugamos con flor —comenta—. Así juegan los que no saben lo que es el truco.

—Vos dijiste —le digo.

—¿Ah, sí? —me dice—. ¿Estás seguro?

Tiro otro dos. El de copas. Lo pongo casi al lado

123

del suyo, apenas encimado, como queriendo subrayar la paridad.

—Mirá vos —dice ella—, empardaste.

—Sí —le digo yo—. Empardé.

—¡Truco! —dice ella.

Lo dice con énfasis. Pienso que miente.

Yo tengo poco: un rey de copas, un once de copas. Quise apurar y no resultó. No obstante, pienso que miente. Ahora me mira, desafiante; con lo cual yo estoy seguro. Miente: no tiene nada. Pero yo tampoco tengo nada: un rey, un caballo. Poca cosa.

—No quiero —digo.

—Arrugaste —me dice.

Muestro la flor.

—Con eso me ganabas —dice, y lleva sus cartas al mazo.

Anoto los puntos. Yo reúno ya a esta altura cuatro cuadrados atravesados por una diagonal que baja de izquierda a derecha. Mi abuela tiene tres. Estamos veinte a quince.

Mezcla y habla. Me dice que empezó a parar la oreja con las llamadas que mi papá hacía desde su casa. Una cosa le llamó la atención: no conocía a ninguna de las personas que él nombraba. ¿Y eso cómo podía ser? Ella sabía de Marcelo, el que menos le gustaba. Lo tenía visto de cuando Ángel todavía vivía con ellos. Un mocoso muy de explicar, muy de entrar a dar discursos. Conocía a Luisito, que había hecho el colegio secundario con Ángel y había entrado en abogacía también. Conocía a Mónica, que había sido medio noviecita de Ángel. Después se pelearon y después mi papá conoció a mi mamá, que a ella, mi abuela, le gustaba bastante más. A otros los tenía en mente de escucharlos mencionar: Beto, Julio, el Tano, la Tía, Graciela grande, Graciela chica, Enrique, Juan, Rubén. ¿Cómo era posible, dice mi abuela, que mi papá arreglara citas, encuentros de amigos, verse en la casa de uno, verse en la casa de otro, llevarle esto a este, llevarle esto a aquel, y no nombrara nunca a ninguno de ellos, nombrara siempre a desconocidos? Tu abuelo, dice mi abuela, porfiaba que yo pretendía conocer a todo el mundo. Tu abuelo, pobre. Y yo le dije: pero no, Anselmo, ¿no te das cuenta de que usan nombres falsos? Mucho cine, mucho cine, decía tu abuelo. Atendeme: si lo último que yo había visto en el cine eran las cintas de Libertad Lamarque en mi pueblo, ¿de qué cine me hablaba este hombre? Tenían nombres dobles, era evidente. Andaban en algo raro. En el cine se aprenden cosas, le dije a tu abuelo. Él se rio.

Las maneras de dar a cortar son bien diferentes también. Yo le arrimo el mazo mezclado a mi abuela, como ofreciendo, como invitando. Ella lo planta sobre la mesa de un golpe, como si con eso estuviese matando un bicho, o queriendo pegar un susto, o cortando una conversación.

Somos distintos para dar a cortar y distintos en el corte mismo. Yo lo hago sin prestar atención. Agarro nada más una porción de naipes y la aparto sencillamente del resto. Mi abuela, en cambio, parece calcular, parece sopesar, como si tuviese poderes adivinatorios o visión de rayos X, como si pudiese saber cómo están dispuestas las cartas en el mazo y entonces elegir, en el corte, cuáles van a salir y cuáles no, cuáles me van a tocar a mí y cuáles a ella.

Juego un tres de oros.

—Envido —dice ella.

—No quiero —digo yo.

Me mira.

—Truco —dice.

—No quiero —digo.

Suelta las cartas sin jugar despectivamente en el mazo.

—No a esto, no a aquello —protesta—. ¿Cómo se puede jugar así? Todo no, todo no.

Le anoto los dos puntos que ganó.

—Ya estás en las buenas —le digo.

—¿De veras? —me dice—. Bueno, ya era hora.

«Disculpe que interrumpa, señora Mirta», aparece una de las asistentes del lugar. «Es la hora de la medicación». Acompaña el anuncio poniendo sobre la mesa una caja de plástico casi transparente; en su interior, hay pastillas de todos los colores, repartidas en pequeños compartimentos. «Esperemé que ya le alcanzo el agua».

Alrededor hay alguna que se quedó dormida y se fue ladeando en su silla, otra que come una especie de galleta y desperdiga migas al masticar, otra con la mirada perdida que balbucea recuerdos, otra que le habla a una que no la escucha y otra que le habla a una que sí la escucha pero no le contesta ni le contestará. Ese aire prevalece. Montado en un parante negro del que cuelgan cables varios, hay un televisor encendido, sin volumen. Tienen puesto un noticiero. Se anuncian muertes de diverso tenor: muertes en asaltos, muertes en accidentes de tránsito, muertes de celebridades, muertes en catástrofes naturales. Lo que suena es otra cosa, y sale de una radio mediana que hay sobre una repisa. Es música melódica añejada desde los años setenta. Todas las canciones que pasan me suenan, puedo saber hasta partes de letras, al menos en los estribillos; pero nunca alcanzo a identificar quiénes pueden ser los que cantan, de qué canciones exactamente se trata.

Mi abuela a veces luce un poco perdida también. Hoy tiene un día muy bueno. En días como el de hoy, desentona, para bien, del entorno. Ella no da la impresión de enterarse, como si no registrara a las demás o como si de alguna manera supiera, o al menos intuyera, que en días menos propicios ella misma puede encontrarse así, como las otras, por lo que no conviene que diga nada. La asistente vuelve y le alcanza un vaso de agua. «Gracias, querida», le dice mi abuela. Las pastillas se las va pasando una por una. Son cinco en total. Con cada una que le entrega, va la correspondiente especificación: para la presión, para el colesterol, para la calcificación, etc. Como si mi abuela fuese a evaluar, en cada caso, según el argumento, si va a acceder a tragarla o si se va a negar (en verdad, no hay nada de eso: la asistente da el detalle dirigido más que nada a mí). Mi abuela traga con sorbos cortos, mecánicos, sin echar la cabeza hacia atrás, sin remarcar ningún gesto al respecto. Luego la asistente se aleja, a continuar con su ronda habitual de aprovisionamiento químico. «Es buena chica», dice mi abuela. «Se llama Mary», agrega. «¿Mary?» «Mary, sí. Me parece».

Por un momento no estamos seguros, ni ella ni yo, de a quién le corresponde ahora mezclar y repartir. El mazo quedó en el medio.

—¿A quién le toca? —le digo

¿Qué cosa? —me dice.

—Dar —le digo.

—Ah —me dice—, no sé. Yo pienso que a vos.

Agarro el mazo y empiezo a mezclar. Mi abuela recapitula. Te estaba contando de ese muchacho Marcelo, dice. De él y de esos otros amigos de tu padre que a mí no me gustaban nada. Estaban metidos en cosas raras, de eso sí que no cabía duda. Y para mí lo estaban usando a tu padre. Se aprovechaban, pensaba yo, de que él era tan bueno, tan bueno y tan generoso. Para mí lo estaban usando, lo tenían de mensajero. Como ellos estarían, digo yo, comprometidos, le pedían a Angelito (¡para qué le habré puesto Angelito!) que pasara las comunicaciones. Y él habrá accedido, generoso como era. Para no meterse en problemas, ni meterla a tu mamá, hacía esto que te digo, dice mi abuela: venía hasta casa, nos daba un poco de charla, y después nos pedía el teléfono. Y en el teléfono yo lo escuchaba, yo paraba la oreja y escuchaba, daba datos de reuniones, de reuniones o de encuentros, andenes de estación o esquinas, tal casa o tal otra, el departamento de tal o de cual, o contaba cómo estaba este, cómo estaba aquel, como quien llama a un pariente lejano y le pasa el parte de la familia. Y a mí, que a sus amigos, en general, los conocía, y a varios compañeros de la facultad también, ningún nombre me sonaba, ninguno lo reconocía, y eso también me llamó la atención.

Descubre de pronto las tres cartas junto a su mano. Se sorprende un poco al verlas. Las levanta y las contempla con las cejas un tanto arqueadas. A ver, a ver, a ver, dice. Y las va corriendo de a poco, con pellizcos desde abajo.

—Envido —dice.

Miro mi juego. Doce de bastos, siete de bastos, tres de copas.

—Quiero —le digo.

—Veintiocho —dice.

Asiento.

—Son buenas —digo.

Tira un dos de espadas. Lo mato con el tres. Tiro el doce. Lo mata con un as de oros. Infiero que lo que le queda en la mano es un seis de espadas o es un siete de oros. Al primero le gano. Al segundo no.

—Truco —me dice.

Me asusto.

—No quiero —le digo.

Me muestra la carta, tengo que ver sus veintiocho. Es el seis de espadas. Era el seis de espadas.

—Eso te pasa por cobarde —me dice.

Se ríe. Le sonrío. Anoto los puntos.

—Estamos iguales —le digo—. Veinte iguales.

—Sí —me dice—. Ya lo sé.

Mezcla ella. No mucho, pero bien. Me da a cortar, corto. Reparte las cartas con una velocidad en los dedos que no parecía posible hace apenas unos minutos, cuando tomó, una por una, las pastillas. Con las cartas ya en las manos, pero sin verlas todavía, me dice: un día le hice una pequeña trampita a tu padre. Y él, pobre, pisó el palito.

Abre las cartas, las mira. Entonces yo hago lo mismo. Me señala la mesa, para que juegue, indicando que me toca a mí.

—Envido —le digo.

—Envido —me dice.

—Quiero —ni lo pienso.

Hago una pausa.

—Treinta y dos —le digo.

—A la puta —dice—. Son buenas.

Yo tiro el siete bravo, el de espadas. Ella juega bajo: cuatro de bastos. Tiro mi cinco de espadas, total ella ya sabe que lo tengo, calladito, suavemente. Ella, lenta, le apoya encima el siete de bastos.

—Truco —me dice.

Yo tengo un tres.

—Quiero —le digo.

Rotunda, categórica, feliz, mi abuela tira el ancho de espadas.

—¡Tomá! —exclama.

—Ah, bueno —le digo yo.

—¡Tomá! —repite.

Anoto los puntos. Cuatro para mí, por el envido; dos para ella, por el truco. No obstante, es ella la que está exultante, no yo. Tirar así la carta más fuerte, como si diese un golpe con la mano cerrada justo en mitad de la mesa, la cargó con una ráfaga de euforia.

Recibo los naipes, me toca mezclar a mí. Pero, antes de hacerlo, la miro a mi abuela y le digo: me contabas de una trampa que le tendiste una vez a mi papá. ¿Una trampa?, se desconcierta. ¿A tu papá? Y yo, para que retome: una trampa, sí, vos dijiste. Que le hiciste pisar el palito.

Esa expresión, la de pisar el palito, parece reconectarla, devolverla adonde estaba.

Ah, sí, sí, dice. Una trampita inocente, cosa de nada. Tu padre ni cuenta se dio. Tal vez por eso pisó el palito. Porque yo sabía que Marcelo, que era el que menos me gustaba de todos, tenía algún predicamento sobre él; de él yo estaba totalmente segura de que estaba metido en cosas y tenía desde siempre ese miedo de que lo arrastrara a tu papá. Después en el grupo estaba también Mónica, ellos habían tenido amoríos, de eso siempre hay un lazo que queda (por algo existe el dicho aquel de que donde hubo fuego). Y un par de muchachos de la facultad a los que tu papá les tenía especial aprecio. Pero su debilidad, lo que se dice su debilidad, era Luisito. Con Luisito se conocían casi de criaturas. Se hicieron amigos en el colegio, date cuenta, dice mi abuela, ¿qué tendrían? Doce, trece años. Compartieron el colegio y siguieron juntos en abogacía. Entonces una tarde que tu papá estaba de paso en casa, yo medio como distraída, mirando así, para otro lado, le dije: «Qué desperdicio este Luisito, ¿no? Tan despierto que parecía». Y tu papá se llenó de rabia, se puso rojo y apretó la boca, te acordás cómo se ponía, bueno, no, no te acordás. Colorado de furia y tratando de aguantarse, me clavó los ojos y me dijo: «¿Desperdicio por qué?» Y yo, como sin pensar lo que decía, le solté: «Perdiendo el tiempo con los amigotes, con lo buen estudiante que era». Tu papá trató de no hacerme caso, pero no pudo; o pudo, pero antes contestó: «Seguir los ideales no es nunca perder el tiempo». Entonces yo me di cuenta de que Luisito estaba también en la cosa, y me preocupé; y me dije en mi reflexión que había que alejar a tu papá cuanto antes de ese círculo. En ese momento lo suavicé, lo aplaqué con palabras amables: «Si vos sabés que yo tengo adoración por Luisito», algo así le debo haber dicho. Y se calmó. Pero yo me quedé con la idea en la mente. Para mí lo estaban usando: de mensajero, de conexión. Él fue desde siempre muy bueno para componer, para reunir a la gente. Lo estarían usando para eso. Pero había que sacarlo de ahí.

Habrá sido en esos días, dice mi abuela, que pensé en hablar con el coronel.

Yo tengo el mazo de cartas en la mano. Pero apretado y quieto: inmóvil.

—¿Estás dormido o qué? —me dice ella—. Hay que mezclar las cartas, hay que mezclarlas.

Me pongo entonces a mezclar. Pero siento los naipes más blandos en las manos, demasiado flexibles, como humedecidos, y no logro entreverarlos bien unos con otros. ¿O es que tengo algo de transpiración en las manos y soy yo el que está casi mojando los naipes? Antes de que mi abuela se ofusque y me transmita su impaciencia de jugadora, decido cambiar la técnica de mezclado. En vez del movimiento en el aire, con las manos barajando, divido el montoncito en dos y pongo las dos partes, que son más o menos dos mitades, enfrentándose una con otra, pegadas o casi pegadas. Deslizando los pulgares, las hago correr, como quien pasa las hojas de un libro que no va a leer, tan solo a mirar. Y, pegando más los dos montoncitos, hago que los naipes de un lado se vayan ensartando entre los naipes del otro. Después aprieto el conjunto y vuelvo a formar el mazo unitario, ajustándolo contra la mesa; y por fin repito la operación: divido los dos montoncitos, los enfrento, los hago correr, ensarto una mitad en la otra, junto todo, lo acomodo, doy a cortar.

Mi abuela corta con gestos precisos, con gestos medidos, como para poner en evidencia, por contraste, que yo incurrí en aspavientos. Me preparo para repartir, pero me detengo, suspendido, con el gesto a medio hacer. ¿Qué coronel?, le digo a mi abuela. Ella me mira intrigada. Qué coronel qué, me dice. Parece un juego de palabras. Uno de esos juegos en los que cada uno tiene que retomar la frase que dijo el otro, pero agregando, en cada turno, una palabra más a la oración. Ese coronel con el que pensabas hablar, le digo: ¿quién era? No pensaba hablar, dice ella. Hablé.

Me hace un gesto con el mentón. Me reclama que reparta. Que reparta de una buena vez.

Reparto.

Quiero hacerlo velozmente, quiero hacerlo con soltura. Pero me sale mal, no lo logro: no consigo que las cartas (las tres suyas, las tres mías) caigan una sobre la otra, ya listas para ser levantadas. Antes hay que recopilarlas. Y después sí, no sin suspenso, fijarse en qué le tocó a cada cual.

Mi juego: un diez de bastos, un cinco de copas, un seis de oros. Nada de nada. Ni para el truco ni para el envido, el peor juego posible. Mi única posibilidad de sumar algún punto en esta mano es mentir. Mentir y que ella me crea. Pero no tengo ganas de mentir en este momento. O, en realidad, no tengo confianza. Estoy seguro de que me descubriría.

Entonces juego callado. Tiro el diez.

—Envido —dice ella.

—No quiero —digo yo.

Mata el diez con un once de espadas.

—Truco —dice.

—No quiero —digo yo.

Recoge las cartas con cierta impaciencia.

—¿Qué es esto? —me dice—. ¿Truco o ajedrez?

Pongo dos rayas más en su columna. Se completa un cuadrado.

—Estamos iguales —le digo.

Me mira.

—¿Cómo iguales? ¿No voy yo adelante, acaso? ¡Si a todo decís que no!

Le muestro la hoja con el puntaje. Las dos columnas: la de la *i griega*, de yo, la de la *a*, de abuela. En cada una cuatro cuadrados, cruzados con una diagonal que va de arriba abajo y de izquierda a derecha, y un quinto cuadrado limpio. Los dos iguales. Veinticuatro a veinticuatro.

—Eso es por las flores que ligás —me dice.

Otra asistente del lugar, parecida a la anterior, se acerca hasta donde estamos. «Disculpemé, doña Mirta», le dice a mi abuela, «pero vea que ya son las siete, en un ratito damos de comer». Se dirige a ella, pero me habla a mí. Me avisa, a su manera, que en breve me tengo que ir. En el geriátrico, al que nadie aquí le da nunca ese nombre, no hay horarios de visita, como los hay en los sanatorios; pero sí franjas potables y franjas inadmisibles, que se establecen desde el sentido común: los horarios de almuerzo y cena, las sagradas siestas, la noche. No obstante, quienes llegan de visita son siempre bienvenidos, no solo por los visitados sino también por el personal, e incluso por esos testigos de la escena que, por idos que estén, por ausentes que estén, parecen celebrar lo que pasa, por lo que en definitiva los horarios se elastizan y las excepciones abundan. Quienes llegan de afuera parecen revitalizar a todos los que están acá (incluso a los que, como los empleados, de hecho pueden salir).

Mi abuela me presenta: «Mi nieto». Y acota: «Oíme, querida: se me fue tu nombre del recuerdo». «Susy», dice Susy. Mi abuela, ya con eso, la da por presentada. La interroga: «¿Y qué es lo que nos van a dar de comer en la cena?». Susy responde: «Pollo y puré». Mi abuela porfía: «¿Pata o pechuga?». Susy es sencilla: «Pechuga». Mi abuela ataca: «¿Y le van a echar sal a mi comida, esta vez, así tiene gusto a algo?». Susy le habla a ella, pero me mira a mí: «Sal no, doña Mirta, ya sabe que no puede». Mi abuela disiente: «¿Y para qué me hacen tragar tanta pastilla, si después lo mismo me van a dar de comer sin sal?». Susy es pragmática: «Eso lo tiene que hablar con la doctora». Y agrega girando hacia mí: «Vayan terminando en un ratito, ¿sí?». Yo no alcanzo a contestar, contesta mi abuela: «Es este chico que dice no quiero a todo lo que le cantás. Los porotos se suman de a uno».

Le toca mezclar a ella, pero antes quiero que me diga quién era ese coronel. Duda de nuevo, ¿de qué le hablo? El coronel ese que me decías, que querías hablar o que hablaste. ¿Vilanova?, me pregunta ella. Yo no sé, no puedo saberlo, pero a ella le digo que sí, le digo que supongo que sí. Vilanova, sí. Vilanova.

Vilanova, me explica mi abuela, era un viejo amigo de tu abuelo Anselmo. Se conocieron en algún viaje de los que hacía tu abuelo, cada tanto, a Buenos Aires, por asuntos de negocios. Se nota que se cayeron bien y entraron en confidencias. Me hablaba de ese hombre, lo tenía en buen concepto. Al tiempo nos fuimos a vivir a Buenos Aires (nos fuimos, dice mi abuela, y no nos vinimos, vaya uno a saber por qué) y ahí empezaron a tratarse con más frecuencia los dos. Hasta que, como pasa en estos casos, nos terminamos conociendo las esposas, en alguna visita que hicimos nosotros a la casa de ellos, o ellos a la casa nuestra. A mí la mujer me agradó, buena gente, muy correcta; lo que no recuerdo es cómo se llamaba.

Le digo que no importa, que siga con el asunto del coronel. Pero a ella no le gusta haberse olvidado, ni darse cuenta de que se olvidó. Se obliga a sí misma al recuerdo, y sin embargo el recuerdo no acude.

¿Cómo puede ser?, protesta. ¡Con lo amigas que hemos sido! Porque hicimos nuestras migas también, más allá de los maridos. Y conversábamos ratos largos por teléfono, compartiendo nuestras cosas, además de visitarnos siempre, con tu abuelo y con el coronel. ¿Nelly? ¿Se llamaba Nelly? A mí me parece que se llamaba Nelly. O sea, Nélida; y que entonces le decían Nelly. ¿Puede ser? ¿A vos te suena?

Le digo que sí: que a mí me suena. Así no se mortifica más y así me cuenta de una buena vez si habló o si no habló con ese tal coronel Vilanova.

—¿Das vos o doy yo? —me dice, y señala los naipes.

—Das vos —le digo.

Pero antes le pido que me cuente.

¿Que te cuente qué?, me dice.

Si hablaste o si no hablaste con ese coronel Vilanova.

Hablé, sí, dice mi abuela. Lo llamé y hablé.

Se acerca de nuevo la asistente. Ahora se ha puesto un guardapolvo bordó. Nos dice, o nos recuerda, que en breve se sirve la cena. «Es cierto», responde mi abuela, «ya se está sintiendo el aroma». Y a continuación pregunta: «¿Qué es lo que hay?». «Pollo y puré», dice la asistente, como por primera vez. Mi abuela aprueba, pero remarca: «Espero que le pongan sal». La asistente, como si nada: «Con sal no puede, doña Mirta. Dijo la doctora». Mi abuela se fastidia: «Entonces sírvanme nomás una suela de zapatilla, que de gusto da lo mismo». La asistente no responde, sonríe por compromiso, se va.

Me decías, le digo, abuela, que hablaste con el coronel Vilanova.

Me mira.

Hablé, sí, dice. Lo llamé por teléfono. Llamé por teléfono a la casa. Si me llegaba a atender la esposa, le iba a pedir que me pasara con él. Pero no hizo falta. Me atendió él.

¿Y vos, le digo, qué le dijiste?

Mi abuela recoge las cartas de la mesa, las acomoda, empieza a mezclar.

Le dije, dice, que estaba muy preocupada: sumamente preocupada. ¿Por qué? Por las amistades de mi hijo. ¿De cuál? De Angelito, del mayor. Le dije que él era bueno, concienzudo, responsable. Pero que era un muchacho muy generoso también y que esos otros malandras se estaban aprovechando de eso y lo usaban para sus comunicaciones. Le hablé de los nombres extraños, le dije cuáles eran mis sospechas.

Mi abuela apoya secamente el mazo de naipes sobre la mesa, para que yo corte. Pero yo no corto. La miro.

No me dijo, no, como tu abuelo, que yo estaba desvariando, que miraba demasiadas películas. Lo que dije lo encontró muy sensato, son cosas que se hablaban en los diarios. Lo que pasa es que tu abuelo era muy ingenuo, vos sabés, muy ingenuo. Y después el corazón no le aguantó. Así de bueno era.

Mi abuela me señala el mazo, para que corte. Pero yo no corto. La miro.

¿Y él qué te dijo?, le digo. Me dijo que podía estar bien rumbeada, dice mi abuela: que no era ningún desvarío. Pero que él no podía hacer nada con cosas tan generales. A nadie le podía alertar, a nadie iba a darle un aviso sin mayores precisiones. Entonces yo, dice mi abuela, le di las gracias, mandé saludos para la señora, le rogué que no le comentara nada a Anselmo, me despedí. Y de ahí en más, dice, traté de parar un poco más la oreja. Eso nomás, dice: parar un poco más la oreja.

Se queda cavilando, meneando un poco la cabeza, me parece que rezongando.

Yo tenía mucho miedo de que a tu padre lo metieran en algo, me explica.

Me señala de nuevo el mazo. No hago nada, y continúa.

Hasta que un buen día, parando la oreja, dice, escuché que arreglaban una reunión en Castelar. Tu padre, una vez más, había venido a casa, tomamos mate en la cocina un rato, después nos pidió el teléfono prestado. Paré la oreja, dice mi abuela, y escuché: arreglaban una reunión en Castelar. A tal día y a tal hora. Él nombró varias veces a Emilio, Emilio esto, Emilio aquello, la casa de Emilio.

Pero era la primera vez en la vida que yo lo escuchaba mencionar ese nombre. Deduje que estaba pasando una clave. Tu abuelo me decía que yo fantaseaba, pero el coronel Vilanova me dijo que no, que tenía razón, que esa gente actuaba así, que era como detallaban los diarios. ¿Quién sería el supuesto Emilio? Yo sabía, dice mi abuela, que el que vivía en Castelar era Luisito. Imaginate, me dice, tantas anécdotas, cómo no iba a saber yo dónde vivía, cuál era su casa. Me dio mucha pena saber que entonces Luisito también estaba ya metido en el asunto. Mucha pena me dio, sí. Pero más miedo me dio que lo fueran a envolver a tu papá. Porque a Luisito le tenía aprecio, claro, imaginate, lo conocía de mocoso. Pero un hijo es un hijo. Y yo lo que más tenía era miedo de que lo arrastraran también a tu papá.

Mi abuela suspira, mira en torno: las viejas más o menos desvalidas con las que ella vive ahora, las asistentes que van poniendo los platos sobre la mesa larga que hay en el medio, el rectángulo azul de una ventana que se va oscureciendo de a poco a medida que se acerca la noche. Mira también sus propias manos, las palmas primero y luego el envés, mira la mesa chica en la que jugamos nuestro partido de truco de hoy, mira el mazo a la espera, ofrecido para el corte (pero no insiste, no se acuerda). La radio sigue sonando, tan integrada y tan anodina que ya es fácil no escucharla. En la televisión, pasan los finales de carreras de caballos del hipódromo de Palermo (pista de arena) y del hipódromo de San Isidro (pista de césped).

De Luisito, sigue mi abuela, yo sabía, sí, que vivía en Castelar, a una cuadra de la estación, justo enfrente del Supermercado Gigante (no tenían más que cruzar cada vez que les hacía falta algo); sabía que la casa tenía una especie de jardincito chico al frente, con un Pinocho de yeso en el medio (lo cargaban mucho a Luisito por su

Pinocho de yeso, incluso en una época le habían puesto Pinocho de apodo a él, después creo que la broma pasó). Supe también que hacía poco se había comprado un Peugeot 504 usado, un poco maltrecho pero funcionando, porque estaban como locos con lo del techo corredizo (a la novia de Luisito parece que le encantaba andar a toda velocidad y ella con medio cuerpo afuera).

Entonces yo, dice mi abuela, lo llamé al coronel Vilanova. Lo llamé y atendió él y yo le dije: «Coronel, habla Mirta, Mirta López, la esposa de Anselmo Saldaña». Y él me dijo que Nelly (ah, sí: se llamaba Nelly) no estaba en ese momento, que había salido a hacer una diligencia. Y yo le dije: «No importa que no esté, coronel, porque yo llamo para hablar con usted». Y le hablé de la casita de Castelar, le hablé del jardincito del frente, le hablé del Pinocho de yeso. Le dije: justo enfrente del Gigante, a una cuadra de la estación. Le mencioné el Peugeot 504, el del techo corredizo. Y le dije por fin: en tal día y a tal hora. Una reunión.

Mi abuela mira el mazo de naipes.

—¿A quién le toca dar? —me dice.

—A vos —le digo.

Se pone a mezclar las cartas. No recuerda que ya lo ha hecho. Mezcla ligera, aérea, liviana, casi inmaterial. Un poco más de velocidad que les diera, y las cartas no se verían. Por fin pone el mazo firmemente sobre la mesa, para que yo corte.

Pero yo no corto.

¿Qué te dijo el coronel?, le digo en cambio.

¿Qué me dijo?, dice mi abuela. Me dijo que me agradecía, que teniendo estas pistas en firme él se iba a ocupar de hacer sus propias averiguaciones; me dijo que con esa iniciativa yo le estaba haciendo un gran favor a mi hijo, pero además un gran favor al país. Un gran favor a mi hijo, dijo, por apartarlo de estas malas amistades, pero también un gran favor al país. Que a la Argentina teníamos que cuidarla entre todos.

Mi abuela lagrimea un poco.

Yo comprendo, y ella lo sabe.

Cuando llegó ese día, dice, sentí como un remordimiento. A Luisito le tenía aprecio, de mocoso lo conocía. Pensé: mejor preso y aguantando la cárcel que con veinte balazos en el cuerpo. Porque en ese tiempo mataban gente todos los días. Pero una especie de remordimiento me dio. O una intuición, un presentimiento, algo así, dice mi abuela. Entonces agarré el teléfono y llamé al departamento de tu papá. Quería invitarlo a tomar unos mates, a conversar de bueyes perdidos. Me atendió tu mamá. La sentí cansada. Me dijo: «Ángel salió». Le dije: «¿Por qué no se vienen a tomar unos mates a casa?». Me dijo: «Es que Ángel no está. Salió». Le dije: «Cuando vuelva». Me dijo: «Vuelve tarde». Le dije: «¿Adónde fue?». Ella dudó, o a mí me pareció que dudaba. «Salió con los amigos», dijo. Yo temí: «Pero ¿por ahí nomás?», «No, no, no», dijo ella, «Gran Buenos Aires». Entonces a mí el corazón me dio un vuelco, y en ese vuelco exclamé: «¿Castelar?». Susana se sorprendió. Por teléfono es difícil decir, pero para mí se quedó helada. «¿Cómo sabe?», me dijo. «Él me contó», le dije. No me creyó, pero tampoco sospechó nada. «Te dejo, entonces», le dije. Me dijo: «Hasta luego, Mirta, dejelé un saludo a Anselmo».

Mi abuela llora. Yo la miro llorar.

Corté, dice, y me desesperé. Llamé a la casa del coronel. Sonó, sonó y sonó, pero nadie atendió el teléfono. Pensé que quizás, con los nervios, había discado mal. Llamé otra vez. Sonó y sonó. No había nadie. Me forcé a pensar que Ángel de ninguna manera iba a participar de una reunión reprochable. Que seguramente había ido a otro lado. O que la reunión en lo de Luisito, allá en Castelar, no tenía nada que ver con ninguna de las cosas terribles que estaban pasando en el país en esos años. Y que yo me iba a tener que disculpar, por metereta, con el bueno del coronel Vilanova. O que, llegado el caso, Ángel iba a poder aclarar su situación y el tema no iba a pasar a mayores. Todo eso me dije, dice mi abuela, para tranquilizarme; y sin embargo la desesperación seguía. Seguía y, además, aumentaba. ¿Qué iba a hacer?, dice mi abuela.

¿Qué hiciste?, le digo yo.

Junta las manos y las aprieta. ¿Le tiemblan? No parecen las mismas manos que hace un momento mezclaban las cartas y las echaban al juego.

Llamé a tu tío, me dice mi abuela. ¿A quién iba a recurrir?

A Roberto, puntualizo.

A Roberto, sí, dice ella. No tenía chicos todavía. Cristina sí, ya lo tenía a Dieguito, y era bebé. Y Roberto además tenía auto. Un Fiat de esos chiquititos, redonditos. Un Fiat 600, preciso. Ella se encoge de hombros: supongo que sí. Le conté lo que pasaba. No le conté todo, ¿para qué? No le di detalles, no hacía falta. Le dije lo necesario. Y además había que actuar lo antes posible. ¿Para qué perder el tiempo explicando? Le dije lo necesario y nada más. Cambié un poquitito las cosas, las di vuelta un poquitito: le dije Rober, un amigo de tu padre acaba de avisarme que esa casa va a caer. Esa parte del asunto la cambié, porque no era lo más importante. Lo más importante era ir hasta la casa de Luisito cuanto antes y sacar a Angelito de ahí. Yo creo que Roberto había estado alguna vez en esa casa, de chico, acompañando a tu papá, porque a Luisito también lo conocía; de todas formas le di toda la información necesaria: la estación, la cuadra, el Supermercado Gigante, el jardincito de adelante, el Pinocho de yeso, el Peugeot 504, el techo corredizo.

Mi abuela junta las manos, como para rezar: ¡si hubiese tenido teléfono! Pero no, no tenía. Era Luisito el que solía ponerse en contacto, aprovechaba y llamaba desde el trabajo, estaba en una oficina. Pero en la casa no, no tenía teléfono. En esa época, dice mi abuela, no era tan fácil tener teléfono en tu casa; por empezar, era muy caro, e incluso así, teniendo la plata, ibas a la lista de espera y podían tardar más de un año en instalarlo. Eso acá, en la Capital Federal. Allá en el Gran Buenos Aires no me quiero ni imaginar. Así que en la casa de Luisito teléfono no había, por eso no se podía llamar, había que irse hasta allá.

Y Roberto fue, le digo. Roberto fue, sí, me dice.

Pasa una asistente y nos mira: no es la primera que se acercó ni es tampoco Susy, la segunda; es otra, y a cierta distancia reconviene: «No se agite, doña Mirta, que le va a subir la presión». Misma técnica: la frase va dirigida en verdad a mí, que no la haga engranar a mi abuela, que no la deje ponerse nerviosa. Contesta ella, alzando el tono: «Lo que falta, queridita. Que tampoco me dejen hablar». La chica se va murmurando: «Yo lo digo por su bien». Mi abuela no da el brazo a torcer: «Morir me voy a morir del disgusto, si no le ponen sal a ese pollo».

Me mira y resopla. Toda la comida con el mismo sabor, me dice; sabor a nada, remata, como la canción de Palito Ortega. Duda. De Palito Ortega, ¿no?, quiere cerciorarse. De Palito Ortega, sí, le confirmo. «Mirá vos», comenta ella.

Retoma el hilo por sí sola.

Por suerte, Roberto entendió todo en un segundo, dice. ¿Sabría algo? Yo no lo sé. Entendió todo y me dijo: ya salgo. Me cortó sin despedirse, así de apurado estaba. Y es que entendió todo en un segundo, y sabía que tenía que salir volando. Otra forma de avisar no había. Y había que sacar a Ángel de esa casa, de esa reunión, de lo que fuera. Si no había nada fulero, mejor. Un mal momento para Roberto, una disculpa para el coronel, y asunto resuelto. Pero ¿y si lo habían metido en un asunto fulero qué? ¿Si lo habían enredado y arrastrado y era un asunto fulero qué? Había que sacarlo de ahí.

Roberto después contó que no entiende cómo fue que no fundió el motor del pobre Fitito. Dijo que lo llevó a más de ciento veinte, que el Fitito se quejaba como un animal en el sacrificio. Que semáforos en rojo no pasó, no fuera a pararlo la policía. Pero que pisó el acelerador a fondo a lo largo de toda Gaona: que pasó el Policlínico Bancario, que pasó el Hospital Israelita, que empalmó en la Juan B. Justo, que pasó la cancha de Vélez (la tenían ya casi lista: se venía el Mundial de Fútbol), que cruzó la General Paz y enfiló hacia el conurbano.

De pronto mi abuela parece comprender, o recordar, con quién está hablando exactamente. Pero vos esta historia la conocés, me dice. Esta parte sí, le digo. La otra parte no. Ah, no, no, claro, sonríe, la otra parte no.

Transpirado y muerto de miedo, mi tío llegó hasta Castelar. Ahora tenía que cruzar las vías y se encontró con la barrera baja. El tren estaba en la estación, era el que iba en dirección de Capital. Había que esperar a que la gente bajara. Había que esperar a que la gente subiera. Había que esperar a que el guarda echara un vistazo al andén y a que hiciera sonar el silbato. Había que esperar a que el tren por fin arrancara y pasara, vagón tras vagón, delante de la barrera. Y había que esperar a que se alejara un poco, unos cien o doscientos metros; porque antes de que se alejara un poco el guardabarrera, por prevención, no activaría en su casilla de madera el mecanismo por el cual la barrera se alzaba y daba paso.

Hasta que por fin se alzó y dio paso, y Roberto avanzó raudamente, castigando en el apuro los amortiguadores del Fitito, ya de por sí trajinados. Pasó, dobló en la esquina y se aprestó a recorrer la última cuadra antes de llegar a la casa de Luis. No pudo hacerlo, sin embargo, o no hizo falta; porque, apenas dio vuelta la esquina, se encontró con un vallado compuesto de patrulleros policiales y camionetas del ejército. Cortando la calle, despertando al barrio, rodeando la casa de Luis. La casa ya vacía, la casa ya vaciada, de Luis.

Roberto dejó el coche a un costado, bajó y se mezcló entre los curiosos. Porque todo esto no era sino el umbral, umbral y puerta de acceso, al reino de lo clandestino, al infierno de lo que no se sabe y nunca se podrá saber. Pero al mismo tiempo ocurría a la vista de todo el mundo. Sucedía, al mismo tiempo, delante de los curiosos. Oculto y mostrado a la vez, sigiloso y a la vez ostensible, ordenado e ilegal a la vez. Cuando sonaron los tiros (porque sí: sonaron tiros), la gente se metió en su casa, bajó las persianas, cerró los ojos, agachó la cabeza, se replegó. No bien amainó el barullo, sin embargo, los vecinos del entorno asomaron, otearon y cogotearon, salieron a la puerta, hasta se amucharon en la vereda. Querían ver, y vieron.

Roberto llegó a la hora de las versiones y los rumores. Se decía que había habido un corto intercambio de tiros, o tiros sin intercambio. Que había caído una célula subversiva, oculta en una casa del barrio. Primero acudieron soldados, y a continuación la policía provincial. Se decía que en la casa ahora no quedaba nadie. Que eran siete u ocho subversivos escondidos ahí adentro, que ya los habían sacado a todos. A dos, ensangrentados, aparentemente muertos. A los otros, detenidos. Se decía que en el grupo había también una mujer. ¿Adónde se los llevaron? Eso era imposible saberlo. ¿Ir a averiguar a la comisaría? Impedimento para eso no había, pero se le iban a reír en la cara. Entrar en la casa, ¿se podía? Gestos de incredulidad. ¿Quién podía ser tan idiota de querer entrar en la casa en una situación como esa? La cana dejaría en la puerta un par de agentes de consigna. ¿Para evitar que alguien se meta a robar? Más gestos de incredulidad, y además una carcajada siniestra. ¿Evitar? ¿Evitar? Para entrar a rapiñar ellos mismos apenas caiga la noche.

En otra parte de la vereda, dos vecinas discutían si era verdad que los subversivos ponían bombas en los jardines de infantes o si era una mentira que el propio gobierno había echado a correr. Hubo alguien que confirmó que sí, que en efecto: había habido dos muertos, que él los vio con sus propios ojos. Que los sacaron sin taparlos ni nada, montados sobre una tabla. Que a los demás los sacaron a empujones y bastonazos, que los subieron en dos camionetas azules sin ninguna identificación y se los llevaron con un rechinar de ruedas, pero sin encender sirenas ni nada. Roberto no quiso curiosear de más. Circuló y escuchó comentarios otro rato, y después se dio vuelta y se fue.

Dice mi abuela que, al no saber nada, se contactó de nuevo con el coronel Vilanova. Para eso debió llamar varias veces, no le fue fácil volver a dar con él; en algunos casos el teléfono sonó y sonó, sin que nadie lo atendiera; en otros, atendió Nelly, su amiga, y ella, dubitativa, no cortó la comunicación clavando el tubo con brusquedad, pero sí apoyando suavemente dos dedos sobre la horquilla.

Cuando pudo hallarlo, por fin, le expuso su angustia entera. No sabían nada de Ángel: si lo habían matado ese día (pues dos muertos, por lo que se dijo, hubo) o si estaba detenido; y si estaba detenido, en qué sitio, en qué estado. Mi abuela seguía convencida, dice, de que, si lo dejaban hacer su correspondiente descargo, Ángel podía sin duda alguna aclarar su situación. El coronel se comprometió a hacer sus averiguaciones.

Pero no se obtuvo nunca nada de él, nunca aportó ni remedió nada. De hecho no volvieron a verlo hasta la noche del velatorio de mi abuelo, casa Zucotti, avenida Córdoba. Justo ese día había empezado el Mundial de

Fútbol. El pobre Anselmo sufrió tanto, dice mi abuela. Hasta que el corazón dijo basta. Se murió en el entretiempo del partido inaugural. Lo velaron esa noche: casa Zucotti, avenida Córdoba. Pasada la medianoche, apareció el coronel. Nelly, la esposa, lo acompañaba. Dio su sentido pésame, repartió abrazos y palmadas en los hombros. Apenas pudieron, lo abordaron: primero Roberto y mi abuela, más tarde también mi tía Cristina. A todos les contestó lo mismo: que él movía sus contactos, pero que no se sabía nada. Que contaban con su ayuda, y más aún después de esta tragedia de Anselmo, pero que más no se podía hacer, que no se sabía nada.

Mi abuela agarra el mazo de cartas de la mesa y se pone a mezclar otra vez. Es la tercera, pero no lo advierte. Mezcla y mezcla. Le pregunto en qué momento le reveló, al tío Roberto específicamente, o a la familia en general, que el llamado de alerta, aquella vez, no se lo había hecho el coronel Vilanova a ella, sino al revés, que se lo había hecho ella al coronel Vilanova. Mi abuela sonríe. Llora en silencio, la cara quieta y las lágrimas corriendo. Y al mismo tiempo sonríe.

Mezcla durante varios minutos. Mezcla de más.

Por fin apoya el mazo de cartas, lo deja ahí para que yo corte.

Yo no me muevo, me la quedo mirando.

—Hacés tiempo para que no termine el partido— me dice—. Tenés miedo de perder.

Con la punta de los dedos, empuja otro poco el mazo de cartas hacia mí. Me lo acerca más, para que corte.

Yo no me muevo, me la quedo mirando.

Hasta que, por fin, me decido y corto.

Entonces ella monta resueltamente una mitad sobre la otra y reparte los naipes a toda velocidad.

Recibo mis tres cartas, las orejeo.

Mi abuela hace lo mismo.

Mi juego es un siete de espadas, un cinco de espadas, un doce de bastos.

—Envido —le digo.

—Quiero —me dice.

—Treinta y dos —le digo.

Rezonga.

—Son buenas —dice.

Pienso un instante y decido jugar el doce. Espero que pase. Pasa. Mi abuela tira apenas un siete de copas. Me apuro y, sin cantar, tiro el cinco de espadas, sin expresión, sin énfasis. Pero mi abuela comprende todo.

—Ah, guacho —dice.

Y se va al mazo.

Muestro el envido, anoto los puntos. Son tres para mí. Le llevo tres de diferencia a mi abuela y estoy a tres de ganar el partido. Comprobarlo me da ansiedad. Ella, en cambio, luce tranquila.

Mezclo, corta, reparto.

Mi abuela abre sus tres cartas con extrema lentitud. Y las abre lo necesario, y nada más que lo necesario, para ver qué juego le tocó.

Juega un tres de espadas.

—Envido —le digo.

No tengo nada. Nada de nada. ¿Se dará cuenta?

—No quiero —dice.

No se dio cuenta. O ella tampoco tiene nada.

Nada de nada.

Mi juego: un siete de copas, un cuatro de oros, el siete de espadas.

Decido cederle la primera, aunque hay dogmas en sentido contrario. Juego el cuatro de oros.

Ella asiente, lo mata y después juega bajo. Un seis de copas. Calza justo, es lo que esperaba. Lo mato con el siete de copas. Me entusiasmo.

—¡Truco! —digo.

Sueno desafiante.

—Quiero —dice.

Suena indiferente.

Con un gesto de refutación, aunque no hay nada que esté refutando, remato con mi siete de espadas.

—Ah, guachito —dice ella.

Pero me mira. Y sonríe.

—Quiero retruco —me dice.

La escruto alzando las cejas. Ella simplemente sonríe. Le queda una carta en la mano. Yo ya jugué las tres.

¿Miente? ¿Me apura? ¿Me corre?

La miro y me mira. Busco un gesto, así sea mínimo, un matiz, algún indicio. No lo encuentro.

Intento razonar la situación. Que diga, si quiere, que juego al truco como si fuese ajedrez. Intento razonar.

Estamos veintiocho a veinticuatro. Si gano el truco, que ya canté y ya quiso, sumo dos y gano el partido. No tiene, por lo tanto, opción. Dobla la apuesta para asustarme. Es su último recurso, aparentar solvencia para hacerme retroceder; porque, si no lo hace así, el partido ya lo tengo ganado.

Pero, en ese caso, debería tal vez parpadear, carraspear, tragar saliva. Y no lo hace.

Tampoco se muestra confiada. Ni ansiosa por mi respuesta. Me mira nada más. Y sonríe.

—Retruco, dije —dice.

Asiento.

—Quiero —le digo.

Juega fuerte el ancho de bastos. Suelta una risa enfática.

—¡Cagaste, pichón! —exclama.

Reúno las cartas por puro fastidio, para quitar de la vista lo ocurrido, porque el turno de mezclar es de mi abuela.

Anoto en la hoja. Un palito para mí. Tres para ella. Le

llevo un punto.

Mezcla. Corto. Reparte. La sonrisa le dura, entre-tanto. Se le va cuando ve el juego que le tocó para esta mano, y que ella misma se procuró. O esa es la impresión que me da, no lo sé.

Tengo dos onces (uno de espadas, uno de oros) y un dos (el dos de copas). Para el envido, nada. Nada. No puedo arriesgar. No arriesgo. Juego callado el dos.

Ella duda. Pero no canta el envido.

Revisa sus cartas. Juega otro dos, el de bastos. Lo acomoda, minuciosa, sobre el mío.

Me quedan dos cartas flojas. Juego callado. Cualquiera de los dos onces que tire da exactamente lo mismo. Elijo jugar el de espadas, como si eso importara, como si cambiara algo. Lo siento más agresivo. Me hace sentirme más seguro.

—Truco —dice mi abuela.

—No quiero —digo yo.

No hizo falta ni pensarlo. Habría sido una locura arriesgar.

—Ah, cagón —dice ella—. Se nota que te dura el susto.

Lleva sus cartas hasta el mazo, sin dejar que yo las vea, y empuja el mazo hasta mí, para que mezcle.

—¿Cómo estamos? —me dice.

—Iguales en veintiocho —le digo.

Hace un gesto de conformidad, que no sé qué significa.

Se acerca, cuidadosa, una de las asistentes. Mi abuela se le adelanta: «Ya terminamos, mi querida, nos queda una sola mano». Ella igual quiere explicar: «Servimos la cena en cinco minutos». Mi abuela acepta: «Ya lo sé, ya lo sé, ya estoy oliendo. Vayan echando nomás la sal en la comida, que nos queda una sola mano y voy».

Mezclo las cartas, mezclo y mezclo.

Le doy a cortar, corta. Reparto.

Las cartas viajan de a una y no alcanzan a juntarse del todo de aquel lado de la mesa, justo delante de sus manos. Las mías, en cambio, las que suelto cerca, caen una encima de la otra.

Nos tomamos nuestro tiempo para acomodar, para pispear, para evaluar.

Recibo un dos de espadas, un doce de oros y el as de bastos.

Para el envido no tengo nada, pero para el truco estoy más que fuerte.

Envido, de todas formas, ella no canta. Juega directamente un tres. El tres de oros.

Lo dejo pasar con el doce de oros, de nuevo desatendiendo lemas. El doce y el tres: la mesa de pronto se llena de oros, de brillos, de amarillo, de fulgor.

Mi abuela se detiene a reflexionar ¿Canta o no canta? No canta. Juega en silencio un uno de copas. Me digo: no tiene nada. Ella lo deja quietito nomás, sobre la mesa, sobre los oros. Me digo: no le queda nada. La miro y me mira. Me digo: no le queda nada.

Mato el uno de copas con el dos de espadas.

Y hago una pausa para evaluar, cuidadosamente, qué es lo que me conviene hacer. Pero es falsa la pausa y es falsa la evaluación, es falsa la evaluación y es falso el cuidado. Tengo el ancho de bastos en la mano, tengo el partido casi ganado. Ella debería, para el caso, tener el de espadas, y no creo que lo tenga. Pero si me llego a apurar a cantar, si demuestro demasiada confianza, es posible que ella recele, que me diga «no quiero» y listo; sumaría un punto solo, el partido seguiría abierto. Entonces fabrico falsamente mi parsimonia, fraguo para ella mi dubitación. Me tomo un tiempo, me rasco el mentón. Por lo visto mostrarme inseguro no me es para nada difícil. Ella espera, inexpresiva.

—Truco —le digo.

—Quiero —me dice.

Yo logré sonar apocado, incluso tímido. Pero ella contestó de inmediato, se diría que automáticamente, como indicando que la aceptación la tenía decidida desde antes.

Nos miramos. Ya está todo dicho. Solo queda mostrar las cartas y el partido terminará.

Cabeceo y me sonrío y tiro mi ancho de bastos.

Ella lo ve y levanta las cejas. ¿Se sorprende? No lo sé.

Mira su carta, me mira a mí.

Es la última carta del partido. La última que va a jugar. La levanta con suavidad, puede que para tirarla en la mesa y ganar, puede que para dejarla caer en el mazo y rendirse.

Mientras tanto, claro, me sonríe.

CHARCO PRESS

Directora editorial: Carolina Orloff
Editor y coordinador: Samuel McDowell

www.charcopress.com

Para esta edición de *Confesión* se utilizó
papel Munken Premium Crema de 80 gramos.

El texto se compuso en caracteres
Bembo 11.5 e ITC Galliard.

Se terminó de imprimir en el mes de junio de 2023
en TJ Books, Padstow, Cornwall, PL28 8RW, Reino Unido
usando papel de origen responsable en térmimos
medioambentales y pegamento ecológico.